少林棍王

소림곤왕

한성수 新무협 판타지 소설

FANTASTIC ORIENTAL HEROES

소림곤왕 11

한성수 新무협 판타지 소설

초판 1쇄 찍은 날 § 2010년 7월 14일
초판 1쇄 펴낸 날 § 2010년 7월 21일

지은이 § 한성수
펴낸이 § 서경석

편집책임 § 서지현
편집 § 박우진

펴낸곳 § 도서출판 청어람
등록번호 § 제1081-1-89호
등록일자 § 1999. 5. 31
어람번호 § 제2-1951호

주소 § 경기도 부천시 원미구 심곡2동 163-2 서경B/D 3F (우) 420-822
전화 § 032-656-4452 팩스 § 032-656-4453
http://www.chungeoram.com
E-mail § chungeoram@chungeoram.com

ISBN 978-89-251-2228-1 04810
ISBN 978-89-251-1861-1 (세트)

少林棍王 소림곤왕

11

곤법천종(棍法天宗) [완결]

한성수 新무협 판타지 소설

FANTASTIC ORIENTAL HEROES

目次

第百章

출진탈주(出陣脱走)

少林
棍王
소림곤왕

맹진.

점차 강해지고 있는 모래바람 속을 헤집으며 송지하는 강격에 가까운 도강을 연속적으로 쏟아냈다.

특유의 독특한 보법 역시 계속 발휘한다.

자칫 사방에서 휘몰아쳐 오는 모래바람에 휘말려 몸의 균형을 잃어버리는 걸 미리 방비하기 위함이었다. 또한 그런 식으로 빠르게 신형을 이동시킴으로써 교묘하게 모래바람 속에 숨어 있는 대자연을 이용한 진세의 허점 역시 파악해 간다.

'푸헤헥! 정말 상상을 불허할 만한 대진세가 아닌가? 이런 정도의 넓은 범위를 모조리 진세로 뒤덮다니, 진짜로 상상을 초월할 만한 규모로구나!

본래가 어둠 속의 칼이었다.

여러 가지 사건을 진행하며 송지하는 꽤나 많은 잡학을 습득하게 되었는데, 그중에는 진법이나 술법 역시 포함되어 있었다. 나름대로 생각이 있고 자신감이 충만한 상태로 모래바람 속에 뛰어들었다고 할 수 있겠다.

단! 이렇게까지 엄청난 규모의 대자연 진세는 그로서도 처음 보는 바였다. 사실 듣도 보도 못했기에 줄곧 헤맬 수밖에 없었고, 진기의 소모 역시 극심했다.

쉽사리 파악이 되지 않으니 눈에 띄는 분기점마다 도강을 날려서 박살 낼 수밖에 없었다. 그게 가장 손쉽게 밖에서 진세를 부수는 방법인 까닭이었다.

과연 거의 하루가 다 가도록 칼질을 해댄 보답이 있었다.

점차 약해져 가기 시작한 모래바람!

그 속을 여전한 속도로 헤집으며 다음 분기점을 찾아 헤매던 송지하의 눈에 이채가 어렸다.

갑작스레 눈앞에 보이던 공간 자체가 미묘한 파동을 일으키며 흔들렸다. 사방을 에워싼 채 휘몰아치고 있던 모래바람이 약해진 탓에 발견할 수 있었던 광경이다.

'저건?'

송지하는 잠시 망설였다.

느닷없이 등장한 기괴한 광경에 자신도 모르게 손발이 굳었다. 여태까지 느낀 적이 없던 아주 고약한 기운이 산전수전을 다 겪은 그의 머리를 일거에 딱딱하게 굳혀 버렸다.

본능!

가끔 이성을 월등히 뛰어넘는다. 사유의 범주를 뛰어넘는 직감의 영역이 종종 발동한다.

특히 송지하처럼 초절정의 무위와 무수히 많은 생사전을 경험한 자에겐 더욱 그러하다. 잘 귀 기울이고 무시하지만 않는다면 구사일생으로 목숨을 구함받기도 한다.

'오싹하구만! 아주 고약한 느낌이야! 하지만… 그래서 더욱 지금은 저길 뛰어들어야만 한다!'

이를 악문 채 본능이 발한 경고를 외면한 송지하가 쇠약해진 내공을 바짝 끌어올렸다.

일반적이지 않은 진원지기(眞元之氣)의 활용!

평상시 같으면 결코 하지 않을 짓이나 개의치 않는다. 지금 이 순간이 어쩌면 자신의 생사를 결정할 때일 수도 있다는 판단 때문이었다.

스파앗!

그와 함께 일어난 십여 개의 도강!

여태까지완 달리 족히 두 배쯤 더 강렬한 빛을 담은 채 사방으로 날아간다. 그리고 그 강력한 도강의 강격에 모습을 드러낸 암흑의 공간!

동공(洞空)이다.

흡사 무저갱이나 다름없다.

그런 굉장치도 않은 공간이 입을 벌렸고, 단숨에 송지하가 진원지기까지 사용해 만들어낸 수십 개의 도강을 삼켜 버렸다. 마치 본래부터 전혀 존재치 않았던 것처럼 말이다.

"으득!"

이에 굴할 송지하가 아니다.

그가 이를 악문 채 다시 직도에 도강을 담았다. 남아 있는 진원지기를 아예 국물까지 우려냈다. 절대 여기서 뒤로 물러설 수 없다는 의지의 발로였다.

그런데 갑자기 놀라운 변화가 일어났다.

암흑의 동공!

그곳이 갑자기 기괴한 파동에 휩싸이더니 가운데 부위가 화산처럼 부풀다 대폭발을 일으켰다. 송지하가 마지막으로 쥐어짜낸 도강이 채 닿기도 전에 벌어진 일이었다.

"크헉!"

송지하가 도강을 실은 직도와 함께 뒤로 줄 끊어진 연처럼 날아갔다. 암흑의 동공이 일으킨 대폭발에 완전히 휘말려 버리고 만 것이다.

그것뿐일 리 없다.

그의 입에서 폭포수처럼 피가 뿜어져 나왔다. 순식간에 몸속에 있던 피가 모조리 빠져나온 것 같다. 그 정도로 엄청난 양의 출혈을 보였다.

그 후 털썩 모래 바닥에 뻗어버린 채 송지하의 몸이 급격하게 식어갔다. 진원지기를 모조리 소모한데다 극심한 출혈과 함께 생기를 모조리 잃어버린 까닭이었다.

　'이, 이렇게 죽는 건가? 이렇게 허망하게…….'

　송지하의 눈이 공허하게 하늘을 바라봤다. 어느새 모래바람이 그쳤는지 쾌청할 만큼 파랗고 맑다. 그 같은 광경 속에 점차 의식이 멀어져 갔다.

　스으!

　의식을 잃은 채 죽어가는 송지하의 앞에 부드럽게 떨어져 내린 봉황안의 소유자.

　암흑의 동공을 박살 내고 모습을 드러낸 곤왕 유대유는 잠시 의아한 기색을 지어 보였다. 어째서 송지하가 이런 곳에서 죽어가고 있는지 이해가 가지 않았기 때문이다.

　잠시뿐이었다.

　그가 곧 송지하에게 가볍게 손을 썼다.

　대자연기의 발동!

　놀랍게도 순식간에 죽음을 향해 걸어가던 송지하의 진원지기를 회복시키고 대기 중으로 흩어져 가던 생기 역시 되돌려 놓는다. 그의 망가져 버린 육체와 함께 말이다. 기적이나 다름없는 일을 아무렇지도 않게 펼쳐 보인 것이다.

　결과는 빠르게 나타났다.

"헛!"

순간적으로 정신을 회복한 송지하가 짤막한 탄성과 함께 손으로 바닥을 짚고 신형을 일으켜 세웠다. 언제 부상을 당했냐는 듯 신속한 동작이다.

스파앗!

게다가 여전히 손에 쥐어져 있던 직도 역시 움직임을 보인다. 자연스럽게 방어 초식으로 몸을 감싼 채 시야 확보에 주력한다. 그렇게 정해진 동작을 완벽하게 펼쳐 보였다.

그러나 곧 송지하의 안색이 굳었다.

그는 곧바로 깨달았다, 자신이 아주 멍청하고 쓸데없는 짓을 저질렀다는 것을. 그리 멀지 않은 곳에 천신처럼 서 있는 유대유를 뒤늦게 파악한 순간 그런 생각을 할 수밖에 없게 되었다.

'이런 바보 같으니라구!'

내심 욕설을 터뜨린 송지하가 얼른 수중의 직도를 거꾸로 한 채 허리를 숙여 보였다. 표정 역시 바짝 긴장된 상태를 유지한 채 최대한의 존경심을 드러냈다.

"후배 송지하가 곤왕 유대유 선배님을 뵈옵니다!"

"송지하? 암중귀도라 불리는 관부제일의 도객 송지하가 맞는 것인가?"

"그 무슨 가당치도 않은 말씀을!"

"아닌가?"

"아닙니다. 후배가 그 암중귀도가 맞습니다. 곤왕 선배님을 뵙기 위해 북경을 떠나 불철주야 하남성까지 달려왔……."

"소림사는 어찌 되었는지 궁금하군."

"…소림사는 무사합니다. 또한 황천기의 대병력은 천룡영웅대와 파군성 엽자건 대형에게 패퇴한 채 이미 하남성을 떠난 지 오래입니다."

"그건… 잘된 일이로군."

유대유가 미미하게 고개를 끄덕여 보였다. 봉황안엔 별다른 변화가 없으나 입가에 매달린 건 흐뭇한 미소다. 보종의 제자인 엽자건의 성장과 대활약이 꽤나 마음을 기껍게 했음이 분명하다.

그러다 곧 표정을 일신한 그의 봉황안이 송지하를 향했다. 칼날과 같은 눈빛이 흡사 폐부 깊숙한 곳까지를 단숨에 꿰뚫어 버릴 것만 같다.

"송 소협에게 한 가지 묻겠네."

"하명하십시오!"

"관에서 명성이 자자한 사람이니 날 어찌 찾아냈는지에 대해선 묻지 않겠네. 어째서 날 찾은 것인가?"

유대유의 단도직입적인 질문에 송지하가 얼른 눈에 힘을 담았다.

"대학사 어른을 위해서는 아닙니다."

"하면?"

"저는……."

자신을 직시하고 있는 봉황안의 압박에 송지하가 잠시 말 끝을 흐린 채 침 한 모금을 삼켰다. 지금이야말로 가장 기다려 왔던 순간이란 판단이었다.

"…저는 강호를, 무림을 선배님처럼 당당하게 거닐고 싶습니다. 어떤 권력이나 장애물, 또는 세력에 굴하지 않고서요. 그래서 선배님을 찾아왔습니다."

"내 문하에 들어오고 싶다는 뜻인가?"

"그렇습니다! 그러니 부디……."

"그건 안 되겠네. 자네의 무(武)는 이미 나름대로 일가(一家)를 이뤘다고 할 수 있네. 아직 부족한 부분이 있으나 그건 차차 채우면 될 일일세. 지금 와서 내 문하에 들어온다 해서 더 나아질 것은 없다는 뜻일세. 게다가……."

"게다가?"

"…게다가 자네는 이미 동정을 잃어버린 몸인 것 같으니 더더욱 내 문하에 들어올 수 없네. 내가 익힌 무공의 근본은 동자공이니까 말일세."

"헉!"

송지하가 저도 모르게 입을 딱 벌렸다. 문득 아직 유대유에게 자손이 없다는 사실이 뇌리를 스쳐 간 까닭이다.

'이럴 수가! 경외해 마지않던 곤왕 선배가 고자였다니! 무공을 위해 그런 인고의 길을 걸었다니…….'

그때 유대유가 얼른 첨언했다.

"물론 육성가량의 기초를 닦기 전까지 만일세. 육성을 넘어 칠성에 도달한 이후엔 동정을 계속 지킬 필요는 없다네."

"아, 그렇군요. 그렇다면……."

"다시 말하지만 애석하게도 자네는 이미 동정을 잃어버리고 양기 역시 크게 훼손시켰으니 역시 내 문하에는 들어올 수 없다네. 운명으로 받아들이게."

"우, 운명……."

"그럼 나는 바빠서 이만 작별을 고해야겠네. 이번에 자네에게 진 신세는 후일 반드시 갚도록 함세."

"…어엇!'

순식간이었다.

충격에 빠진 송지하가 달리 반응을 보이기도 전에 유대유가 신형을 까마득히 높은 하늘로 띄워 올렸다. 자신을 꽤나 오랫동안 가둬뒀던 구문유로환허진을 펼친 마천의 꼬리를 다시 뒤쫓기 시작한 것이다.

"엉?"

"에엥?"

두 필의 말을 몰아 맹진으로 달려오던 소하와 연해월이 동시에 눈에 이채를 담았다.

그녀들의 바로 앞.

얼마 전까지 한 치의 시야조차 확보가 되지 않을 만큼 엄청난 모래바람이 휘몰아치던 장소에 한 사내가 대자로 뻗어 있는 모습이 보인다. 굳이 행색을 살피지 않더라도 그녀들을 죽도록 물먹였던 송지하임을 알아볼 수 있었다.

타탁!

소하가 말의 박차를 가해 순식간에 송지하 앞에 이르렀다. 그러자 지나칠 만큼 좋아서 탈인 날씨에 탈진한 기색이 역력한 시선이 그녀를 빤히 올려다본다.

"물!"

"물? 장난 까냐!"

소하가 단검을 빼 든 채 송지하의 위로 덮쳐들었다. 당장 그의 멱이라도 시원스레 따버릴 듯 격한 동작이다.

퍽!

너무 지나친 바람이었다.

소하는 어찌 된 영문인지도 모른 채 모래 바닥에 얼굴을 묻었다. 이미 허리춤에 매달려 있던 수통은 빼앗긴 지 오래다.

'이런 후레 잡놈의 새끼가!'

입 안 가득 모래를 한 무더기나 먹은 소하가 완전히 열받은 표정으로 몸을 일으켜 세웠다. 어떻게든 다시 송지하에게 달려들어 죄에 대한 응징을 받아낼 작정이었다.

늦었다, 그것도 상당히 많이.

어느새 수통의 물을 모조리 입 안에 털어 넣은 송지하는 체력을 완전히 회복하고 있었다. 다시 특유의 능글맞음을 회복한 얼굴 표정이 이를 확실하게 말해준다.

"늦었다."

"에퉤퉤! 뭐가 늦었다는 거냐?"

"곤왕 선배는 이미 이곳을 떠났다는 거다."

"정말?"

"물론. 나는 완전히 물을 먹었고 말야. 그래서……."

"그래서?"

"…그래서 나는 지금부터 다시 사부님을 찾아가 충성을 맹세할 작정이야."

"천룡영웅대로 다시 돌아가겠다는 거야?"

"그래. 사부님의 재능이라면 약간만 더 세월이 주어지면 필시 곤왕 선배님을 능가하게 될 테니까 나는 그 곁에 찰싹 달라붙어서 훔쳐 배우면 되지 않겠어?"

"……."

소하가 입을 굳게 다물었다. 표정에는 질렸다는 기색이 완연하다. 이 정도의 집착은 보다보다 처음 본다.

그러거나 말거나 송지하는 한차례 어깨를 으쓱해 보인 후 이미 연해월에게 다가가고 있었다. 그녀에게 유혹 어린 미소를 던지자 기다렸다는 듯 강한 화답이 날아든다. 지나칠 정도로 죽이 잘 맞는 두 사람이다.

'저 연놈들이!'

소하가 발끈한 표정이 되었으나 곧 고개를 가로저으며 한숨을 내쉬었다. 문득 아주 지독스레 피곤해져 버렸다, 엽자건과 송지하란 두 사내 사이에서.

'그나저나 곤왕은 또 어딜 그리 급히 간 거람? 연평왕부와 대학사 측에서 잔뜩 걸어놓은 돈이 천금이 족히 넘을 텐데……'

송지하에게조차 알리지 않은 내막.

곤왕 유대유의 행적을 간절히 알고자 하는 황궁과 관부의 양대 거두를 잠시 떠올린 소하가 얼른 빽 소리를 지르며 송지하에게 다가갔다. 어느새 엉켜 붙은 두 사람이 아예 방이라도 잡을 기세를 연출하기 시작한 까닭이었다.

"이것들아, 아직 해 지려면 멀었다!"

스륵!

맹진의 이곳저곳을 돌며 구문유로환허진의 잔재를 깨끗이 제거한 유대유가 고속으로 움직이던 신형을 천천히 멈춰 세웠다.

이유가 없을 리 만무하다.

쩌릉!

그의 수장이 허공을 격하고 내쳐진 순간 평온하던 대지가 온통 뒤집어졌다. 뒤이어 터져 나온 단말마들!

"크엑!"

"크왁!"

"크에에에엑!"

인간의 것이 아니다. 마천의 뒤를 쫓으며 몇 번이나 경험한 바 있던 만시귀자란 마물들이 최후를 맞이하며 터뜨린 비명이었다.

흔들.

그것만으론 부족했던 것일까?

다시 신형을 한차례 회전시킨 유대유의 묵룡천뢰곤이 천공을 향해 내쳐졌다.

창천을 꿰뚫는 빛의 뇌전!

어느새 까마득히 먼 하늘 위로 날아오르던 검은 인영을 새카맣게 태워 바닥에 떨어뜨린다. 더불어 그의 품속에서 막 날갯짓을 하고 있던 해동청 역시 마찬가지다.

스으!

유대유가 한차례 어깨를 흔들더니, 순식간에 바닥에 추락한 검은 인영의 앞에 이르렀다.

떨어지기 전에 이미 즉사한 상태. 그것도 새카맣게 타버린 그 모습을 앞에 두고 특별히 찾아낼 수 있을 만한 건 없어 보인다, 그 앞에 있는 게 유대유가 아니라면.

'사천 방면이라… 역시 암도진창의 계(計)를 사용하려 했던 것인가?'

문득 뇌리 속에 떠오르는 생각이 하나 있다. 가능성이다.

소림사를 비롯한 강북무림을 혼돈에 빠뜨린 후 생각을 할 법한 일 말이다.

"…역시 출중한 모사가 있다는 것일 테지, 마도의 술법과 사법에 아주 익숙한."

짤막한 중얼거림과 함께 유대유가 다시 신형을 공중으로 띄워 올렸다.

해동청은 최고의 전서응이다.

일대에서 감시하던 자들을 모조리 제거했다곤 하나 자신에게 주어진 시간이 그리 길진 않을 터였다. 곧 새로운 방해물들이 몰려들 거란 뜻이다, 마천의 뒤를 쫓는 동안 줄곧 그러했던 것처럼.

*   *   *

함정에 빠진 걸 눈치챈 게 언제쯤이었을까?

엽자건의 명에 의해 도주한 마령귀사의 뒤를 몰래 쫓던 환월은 곧 난감한 상황에 처하게 되었다. 갑작스레 마령귀사의 종적을 놓쳐 버린 것이다.

물론 그런 것쯤으로 경동할 환월이 아니다.

그녀와 마찬가지로 마령귀사 역시 귀살인도가 낳은 최강의 인자였다. 살수왕이라 불리는 새외칠마의 일좌이기도 했다. 당연히 뒤를 쫓으며 이 같은 상황 역시 만날 수 있다고 여졌다.

'그렇다곤 해도 이런 식으로 순식간에 종적을 감춰 버리다니! 이건 좋지 않다!'

깨달음은 항상 늦게 온다.

특히 이번처럼 최강의 적수를 상대해야 할 때는 더욱 그렇다. 순식간에 생사의 위기에 빠져 버리고 만다.

스슥! 스스스슥!

재빨리 환마류의 은신술을 펼쳐서 스스로를 보호하려던 환월의 주변으로 갑자기 여섯 개의 귀영이 모습을 드러냈다. 얼마 전 천기마야와 함께 소실봉에 펼쳐져 있던 소림사의 대방어진세를 무력화시킨 바 있는 육 인의 사념술사였다.

당연하달까?

그들의 곁에는 여전히 중상에 신음하고 있는 마령귀사 역시 존재했다. 사실은 처음부터 모습을 감췄던 적이 없다고 봐야 하겠다. 그러기엔 그의 현 상태는 최악이나 다름없었으니까 말이다.

'이미 환상에 빠진 것인가?'

환월은 깨달음과 함께 수라표를 손에 쥐었다. 그걸 꽈악 움켜쥐는 걸로 위기에서 탈출하려 했다. 고통이야말로 술법이나 사법(邪法)을 이용하는 자들의 암계로부터 벗어날 수 있는 가장 좋은 방법이었기 때문이다.

이번엔 전혀 통하지 않았다.

수라표를 움켜쥔 손에선 어떠한 통증도 느껴지지 않았다. 마치 아무런 일도 없었다는 듯이 그러했다.

이유?

곧 알 수 있었다.

수라표가 아니라 꽃다발이 들려진 손과 함께.

'환상이다!'

환월이 수중의 꽃다발을 사방으로 비산시켰다. 자신을 포위하고 있는 육 인의 사념술사를 공격하고 곧 자신을 붉은 나비로 만들었다.

혈호접무!

전력을 다한 공격으로 사념술사들의 포위진을 돌파하려 했다. 충분히 그럴 수 있으리라 여겼다.

우당탕!

현실은 그녀를 완전무결하게 배신했다. 처절하게 짓밟았다. 붉은 나비는 현신하지 않았고, 솜털보다 가볍던 그녀의 몸은 천근만근 무거워졌다. 채 몇 걸음을 옮기기도 전에 바닥을 굴러 버릴 정도로 말이다.

그 뒤 억지로 확장된 두 개의 동공.

그 속으로 물밀듯이 밀려들던 열두 개의 검은 눈빛에 정신이 흐려져 버린다. 세상 그 자체에서 자신이란 존재가 산산조각 나 한 줌의 먼지처럼 흩날려 버린다. 그렇게 제어력을 잃어버리고 만다.

"허억!"

환월은 짤막한 비명과 함께 제정신을 차렸다. 얼마나 이렇게 정신줄을 놓고 있었던 것일까?

화악!

재빨리 고개를 들어 올리자 짙은 어둠 속을 헤집던 그녀의 동공 속으로 휘청거리고 있는 엽자건의 모습이 파고든다. 자신이 휘두른 암도와 묵검에 암격당해 암혈독과 저주독 모두에 중독되어 버린 마음속의 지주가.

더불어 기다렸다는 듯 두 사람의 머리 위로 떨어져 내리는 강철의 그물망!

한두 개가 아니다.

마치 노리고라도 있었던 듯 수십 겹이 겹쳐져 날아들고 있다. 그 위로는 섬뜩한 도날과 하나가 된 북혈청랑대 여럿이 보이고 말이다.

'큭!'

여전히 혼미한 정신 상태임에도 환월이 아랫입술을 깨물었다. 기다렸다는 듯 피가 뭉클거리며 솟는다. 전날 육 인의 사념술사에게 걸려들었던 때와는 확실히 다르다.

슥!

그러나 그녀보다 더욱 빨리 움직인 자가 있었다. 완벽하게 암격을 당한 엽자건이다.

퍼엉! 펑!

순간적으로 거의 엎어질 만큼 앞으로 허리를 숙여 보인 엽자건의 주변에서 거센 폭발이 일어났다. 삼절마곤의 곤압으로 강바닥을 쳐서 용오름 같은 물기둥을 만들어낸 것이다. 족히 대여섯 개가 넘는다.

물론 그것만으로 끝일 리 없다.

이어 엽자건의 손을 떠난 천간검이 거센 회전을 일으키며 사방으로 맹렬한 무형검기를 발출해 냈다. 순간적으로 물기둥에 휘말려 공중으로 치솟아오른 강철 그물망들을 단숨에 산산조각 내어 암기처럼 주변으로 흩뿌려 버렸다.

"크악!"

"으악!"

"아아악!"

결과는 자명하다.

막 강철 그물망과 함께 엽자건의 머리 위로 떨어져 내리던 북혈청랑대의 입에서 잇달아 단말마가 터져 나왔다. 하나같이 온몸이 피투성이가 되어 강바닥으로 추락해 버린다.

암습의 실패?

아니다. 전혀 그렇지 않았다. 그사이 강의 중심에 이르렀던 창룡무상검대 일조원들이 거의 몰살을 당해 버렸으니까. 변변찮은 저항 한번 해보지 못하고서.

아비규환!

굳이 눈을 돌리지 않더라도 느낄 수 있다, 일방적인 도살극이 벌어지고 있다는 걸. 또한 그럴 여유도 가질 수 없었다. 곧바로 또 다른 암습자들이 시퍼런 도날을 번뜩이며 달려들어 왔기 때문이다.

"환월!"

"……."

"환월, 대답해라!"

"예, 예!"

"지금부터 내 뒤를 맡아라! 이대로 적진을 향한 중앙 돌파를 감행할 테니까!"

"주, 주인……."

"어서!"

엽자건의 단호한 목소리 속에 살짝 떨림이 머물러 있다는 걸 환월은 바로 간파해 냈다. 무자비하게 도살당하고 있는 창룡무상검대 일조원들 쪽에 일별조차 던지지 않는 것과 함께 주목할 만한 점이다.

'암도와 묵검에 당한 상처. 저주독과 암혈독을 동시에 당한 이상 금강불괴에 만독불침지체라 해도 오래 버티진 못한다. 주인은 그걸 알고서도 날 믿는 거야. 암습을 가한 나를……'

찌르르 울리는 가슴의 동통.

괜찮다. 전혀 아무렇지도 않다. 이대로 엽자건을 보위하다 죽는다 해도 절대 후회하지 않을 자신이 있었다. 다른 어떤 때보다도 진심으로 그리 생각했다.

그때다.

좌아아아악!

엽자건이 물속을 가르며 빠르게 앞으로 치고 나아갔다. 벌써 그가 휘두른 삼절마곤에 이선을 이룬 채 달려들던 도객 대여섯이 핏덩이가 되어 날아가 버린다. 그리고 격정을 담고 터져 나온 한마디!

"절대 죽지 마라! 이건 명령이다!"

"…예, 주인!"

환월이 얼핏 눈가에 맺힌 눈물을 닦을 새도 없이 사방으로 수라표를 날리며 복명했다. 지금 자신이 할 수 있는 최선이 바로 그것이었기 때문이다.

"호오?"

쌍뇌존자 막사여의 눈에 이채가 어렸다.

강의 중심부에서 완벽하게 펼친 암습이었다.

충분히 검은 강물을 핏빛으로 물들이고 승리의 찬가를 부를 만했다. 그 정도로 흡족하게 휘하 군사들을 배치하고, 움직이게 하고, 화려한 도살극을 만들어냈다.

게다가 이번 일에는 훌륭한 방조자가 있었다.

오늘 밤 엽자건이 일단의 기습조를 편성해 강을 넘을 거란 정보를 미리 전달해 준 환월이었다. 그녀가 아주 정확한 순간에 그의 신호를 받고 엽자건을 암격했다. 아주 확실하게 뒤에서 칼을 찔러 넣은 것이다.

당연히 그 뒤는 내부 분열이어야만 할 터였다.

불신과 의심 속에 엽자건과 환월은 최후의 힘을 모조리 뽑아내 서로 죽고 죽이다 시체가 되어야만 했다. 거기까지가 천기마야의 명을 받아 막사여가 짜놓은 극본이었다.

하지만 때론 생각했던 대로 일이 되지 않는다.

돌발 변수!

모사들이 아주 싫어하는 그런 것들이 삐죽 튀어나와 일을 망칠 때가 있었다. 바로 지금 이 순간처럼 말이다.

'저런 괴물 같은 놈을 봤나! 내 황천기주와 결착을 내지 못했다는 말을 믿지 않았거늘⋯⋯.'

황천기주.

막사여가 주군으로 모시는 마천주 천기마야마저 인정한 대인물이다. 그의 문무겸전(文武兼全)함은 익히 알고 있는 바라 내심 크게 경계심을 품고 있었다. 언제가 되었든 반드시 천하의 대권을 놓고 천기마야와 승부를 벌일 인물이라 여긴 까닭이다.

그래서였을 것이다.

요 근래 혜성처럼 나타난 파군성 엽자건이 그와 비견되는 게 크게 못마땅했던 것은. 고작해야 약관을 약간 넘은 나이로 천하의 대권에 근접한 대인물들과 동일한 위치에 서는 게 도저히 이해되지 않았다.

그러나 뛰어난 모사의 장점은 빠른 상황 판단과 임기응변이다. 막사여 또한 다르지 않았다.

슥!

내심의 중얼거림과 함께 그가 뒤에 남아 있던 예비 병력에게 수신호를 보냈다. 맹렬한 기세로 중앙 돌파를 시도하고 있는 엽자건의 의중을 간파한 까닭이었다.

"우와아!"

"우와아아아!"

요란한 부르짖음과 함께 백여 명의 도객이 막사여를 떠났다.

목표는 자명하다.

어느새 혈하(血河)로 변해 버린 강을 빠져나와 중앙으로 돌파해 들어오고 있는 엽자건이었다. 그 한 명을 상대하기 위해 있는 대로 살기를 뿜어내며 신형을 날려갔다.

"후읍!"

엽자건은 호흡을 길게 들이켰다.

어느새 붉게 물들어 버린 두 눈으로 인해 시야가 온통 새빨갛다. 흡사 눈 속으로 핏물이라도 잔뜩 스며들어 간 것 같다. 아니면 실핏줄이 터졌던가.

현재로선 신경 쓸 바가 못 되었다.

환월에 의해 암도와 묵검의 암격을 당한 후 전신의 기경팔맥과 대혈, 오장육부가 몽땅 뒤틀려 버렸다. 들끓는 용암 줄기가 내부를 모조리 태워 버리는 듯했다. 실제 그런 일을 경험해 보진 못했으나 딱 그런 느낌이었다.

불신? 의혹?

그런 것 따윈 없었다.

자신을 찌르고 벤 후 완전히 어리둥절한 표정이 되어버린 환월을 보고 대충 짐작할 수 있었기 때문이다. 환몽사안과 비슷한 종류의 이혼대법에 당한 것임을.

더군다나 곧바로 이어진 북혈청랑대의 습격은 복잡한 생각을 뒤로 미루게 만들었다.

임기응변?

전장에서 그런 것보다 더욱 우선시해야만 하는 게 있다.

바로 동료를 믿는 것이다. 여태까지 자신의 배후를 지켜줬던 동료와 이어진 끈을 결코 놓지 않은 것이다.

'제기랄, 그렇다 해도 죽겠구만! 목구멍 바로 밑까지 독혈이 차올라 오고 있으니 말야!'

내심의 투덜거림과 달리 엽자건의 머릿속은 더할 나위 없이 차갑게 가라앉았다.

중앙 돌파 중이다. 자신 한 명을 향해 거센 파도처럼 몰려드는 적진에 강력한 타격을 가한 후 죽어라 달려야만 한다.

절대 뒤돌아보거나 망설이지 않고서 말이다.

번쩍!

엽자건은 오호파천곤을 펼쳤다.

거의 젖 먹던 힘까지 뽑아내어 적진을 향해 무형의 벼락을 토해냈다. 그럼으로써 자신이 탈출할 길을 만들어냈다.

"크아악!"

"으아악!"

"으아아아악!"

기다렸다는 듯 터져 나오는 처참한 비명성!

그나마 살아남은 자들이다. 행운아들이다. 정면에서 오호파천곤의 벼락을 받은 자들 중 대부분은 이미 산산조각 나 바닥에 혈우를 뿌리고 있을 따름이다.

스스스슥!

그 사이로 엽자건이 궁신탄영을 펼치며 파고들었다. 어느새 다른 손에는 천간검이 역수로 쥐어져 있다. 뒤이어 육합참마도형이 사방으로 섬뜩한 살기를 뿌렸음은 물론이다.

그런데 막 일차 저지선을 돌파하기 직전이었다.

족히 백여 명이 넘는 도객들이 우르르 몰려들었다. 엽자건의 탈출을 저지하며 살벌한 도광을 뿌려댔다. 게다가 하나같이 일류 수준이다.

"큭!"

엽자건이 재빨리 신형을 회전시키며 육합참마도를 펼치다

어금니를 꽉 깨물었다.

한여름 소나기처럼 쏟아지는 도기를 튕겨내다 독혈이 입 밖으로 튀어나왔다. 억지로 독기를 억누르고 있던 세수경의 기운이 크게 약해졌음이 분명하다.

물론 그런 사정을 적들이 봐줄 리 없다.

잠시 동작이 느려진 그의 육합참마도형을 뚫고 다시 살기 어린 도기들이 파고들었다. 모두 중원에서는 꽤나 생경한 괴이독날한 초식들이다.

슥!

순간 평상시처럼 엽자건의 뒤를 그림자처럼 따르고 있던 환월이 공중으로 뛰어올랐다.

파팟! 파파파팟!

그녀의 양손이 휘저어지자 수십 개의 수라표가 공중을 비산한다. 모두 시의 적절하게 엽자건을 노리던 도기를 튕겨낸다. 개중에는 도객들을 노리는 것도 있었고.

단! 그중 어느 것도 그녀 자신을 방어하는 건 존재하지 않았다.

오로지 엽자건을 지키는 데만 주력할 뿐.

"환월!"

"……"

"절대 죽지 말라고 했다! 그렇게 명령했다!"

"……"

엽자건이 입가로 독혈을 흘리며 버럭 소리 질렀다. 더불어 다시 강력한 기운을 뿜어낸 천간검!

육합참마도가 아니다.

이번엔 원월진무도였다. 그것도 이기어검의 도리를 담은 채 회전을 일으킨다. 사방으로 무형검기를 뿌려댄다.

퍼펙! 퍼퍼펙!

가장 앞서 있던 다섯 도객의 머리가 공중으로 비산했다. 천간검에 잘린 것이다.

그다음은 삼절마곤이다.

억지로 끌어모은 기력으로 만들어낸 삼절마곤의 무형곤기가 일순 쏜살같은 속도로 공간을 갈랐다. 흡사 시위를 떠난 화살이나 다름없다. 그런 굉장치도 않은 속도로 어둠 속을 환한 빛으로 물들이며 두 쪽 내어버렸다.

방향?

다름 아닌 백여 명의 예비 병력을 일거에 쏟아내어 엽자건을 사경으로 몰아넣고 있던 막사여가 있는 방면이다. 지독스런 어둠 속에서 벌어진 살육극 속에서 놀랍게도 핵심을 꿰뚫어 봤음이다.

과연 틀리지 않은 판단이었다.

"크아악!"

대기를 찢어발기는 비명과 함께 엽자건을 향해 달려들던 도객들의 진형이 크게 흐트러졌다. 늑대 중에서도 가장 무섭다는 혈랑 떼가 우두머리가 터뜨린 단말마에 일시 어찌할 바를 모르게 되어버린 거였다.

물론 여기까지 엽자건의 계획 속엔 포함되어 있었다.

그의 신형이 일순 두 개로 나뉘더니 크게 굴신을 보이다 순식간에 앞으로 튀어나갔다.

부동무상.

그 뒤에는 궁신탄영이었다.

한 손으로 어느새 환월의 가느다란 허리를 바싹 끌어안고 서였음은 물론이다. 절대 놓칠 수 없다는 듯.

"크으으!"

얼굴의 반면이 날아가 버린 막사여의 하나밖에 남지 않은 눈이 불꽃같은 흉광을 발했다.

그가 자랑하는 흑안파뇌공의 여파!

그러나 북혈단의 십대마공 중 수위를 다툰다고 알려진 이 마안공조차 수십 장 밖에서 날아든 엽자건의 무형곤기를 감당할 순 없었다. 완전히 박살 나버렸다.

극심한 고통!

일시 얼굴 쪽의 혈도와 혈류의 흐름을 조종해 즉사를 면하긴 했으나 막사여는 잠시 이를 악문 채 서 있었다. 입을 열면 당장 미칠 듯한 고통에 마구 소리를 질러댈 것 같았기 때문이다.

게다가 그나마의 여유도 그에겐 그리 오래 주어지지 않았다. 그럴 수가 없었다. 주변으로 몰려든 휘하의 북혈청랑대와 함께해야 할 일이 남아 있었으니까.

뿌득!

어금니를 부서질 만큼 악물고서 고통을 참아낸 막사여가 외눈에 담겨 있는 흉광을 거둬들였다.

'도주를 허락할 줄이야! 하지만 놈은 분명 상당한 중상을 당했다. 사방에 북혈청랑대가 깔려 있는 만큼 쉽사리 이곳을 벗어날 순 없을 것이다. 그리고 그것으로 이번 작전은 만족할 만한 성과를 얻은 것이라고 볼 수 있다.'

내심 빠르게 상황 파악을 끝낸 막사여가 손을 들어 보였다. 주변에 모여든 휘하의 북혈청랑대에게 자신의 건재함을 확인시켜 주기 위함이었다.

또한 후속 명령 역시 뒤를 따른다.

"계획대로 강에 빠져 있는 녀석들의 시체를 빨리 수습하라! 단 한 구도 빠져선 안 될 것이다!"

"존명!"

언제 혼란 속에 빠져 있었냐는 듯 북혈청랑대가 복명과 함께 피와 시체가 가득한 강으로 뛰어들었다.

이 밤, 지금부터가 진짜 시작일 터였다.

第百一章

독중독인(毒中毒人)

少林棍王
소림곤왕

검존과 개왕은 동귀어진을 시도하고,
엽자건은 오래된 매듭을 풀려 한다

신무림맹 측 삼 개 군단의 군영.

그믐밤이라서인가?

평상시보다 훨씬 많은 횃불이 사방에서 활활 불기운을 토해내고 있다. 아주 삼엄한 경계다. 삼 개 군단 전체가 바짝 긴장한 채 잠을 잊고 있었다.

이유는 자명하다.

그믐의 어둠을 뚫고 군영을 떠나간 엽자건과 백 인의 결사대가 가져올 낭보를 기다림이었다. 한 가닥 곧은 의기와 함께 갑주와 검을 패용하고서 벽력같은 함성을 터뜨리며 적진으로 달려들 시기를 가늠질하고 있는 것이었다.

개중 안절부절못하는 두 사람이 있다.

바로 남궁황과 철담협개다.

그들은 모두 엽자건과 밀접한 관계가 있는 사람들로서 그의 대성공을 초조한 심경으로 기다리고 있었다. 이번 기습전이야말로 포달람궁과 신무림맹 간 대전의 승패를 좌우할 만한 일이라 여긴 까닭이다.

그때다.

묵묵히 그믐의 밤하늘을 바라보고 있는 남궁황과 달리 막사 주변을 빠르게 서성이던 철담협개의 눈에서 신광이 일어났다. 남궁황 역시 간발의 차로 노안을 한쪽 방면으로 고정시킨다.

'어째 벌써 돌아온단 말인가!'

'역시 실패한 것인가? 하긴 그 정도 병력을 가지고 대법대불왕을 제거한다는 건 힘든 일이었을 터!'

각기 다른 심사를 품은 두 노고수가 경쟁하듯 막사를 떠났다. 엽자건의 생사가 궁금했음이다.

스슥! 슥!

그렇게 그들이 군영의 바로 앞에 이르렀을 때다. 바짝 긴장한 채 번을 서고 있던 삼 개 군단의 무사들을 헤치며 엽자건이 일단의 무리와 함께 모습을 드러냈다.

떠날 때보다 족히 절반은 줄어든 머릿수.

철담협개를 제치고 앞으로 나선 남궁황의 노안이 가벼운

이지러짐을 보였다. 엽자건에게 내어준 백 명의 결사대야말로 그가 창룡검가에서 이끌고 온 창룡무상검대의 핵심이라 할 수 있었기 때문이다.

"엽 무상, 어찌 된 것인가?"

"죄송하오나 임무에 실패했습니다. 자세한 사항은 주변을 물린 후 전해드려도 되겠습니까?"

"알겠네. 일단 노부와 함께 사령 막사로 드세나."

"예."

엽자건이 대답과 함께 가벼운 걸음으로 남궁황에게 다가들었다.

순간 급격히 좁혀진 두 사람 간의 간격!

못마땅한 표정으로 뒤에 물러나 있던 철담협개가 대경해 소리 질렀다.

"검귀, 조심하게! 저자는……."

"뭐?"

남궁황이 뒤늦게 내기를 일으켰으나 조금 늦었다. 이미 엽자건은 그의 코앞에까지 이르러 있었으니까.

콰득!

포달랍궁의 무공 중 중원에 가장 널리 알려져 있는 밀종대수인(密宗大手印)이 남궁황의 어깨를 때렸다. 어느새 발검 자세에 들어갔던 그의 상완골(上腕骨)을 단숨에 부숴 버린 것이다.

당연히 그것만으로 끝일 리 없다.

스파앗!

더욱 강성해진 밀종대수인이 고통으로 일그러진 남궁황의 안면으로 날아들었다. 그의 머리통을 아예 통째로 박살 내버릴 기세!

그러나 그때 남궁황의 노구를 뛰어넘으며 철담협개가 날아들었다. 그의 수장에서 노룡(怒龍)과 같은 장력이 벽력처럼 쏟아져 나온다.

견룡재전!

그다음은 노룡패미다.

연달아 강룡장의 절초를 펼쳐 내 엽자건의 밀종대수인을 밀어낸다. 부숴 버린다. 충분히 그럴 수 있으리란 확신을 갖는다.

멈칫!

철담협개의 신형이 공중에서 거짓말처럼 정지했다. 폭풍 같은 강룡장을 쏟아낸 것과 동시의 일이었다.

"무슨?"

철담협개의 안색이 일그러졌다. 자신이 연달아 쏟아낸 강룡장이 모조리 엽자건의 밀종대수인에 가로막혔음을 깨달았기 때문이다.

더불어 다시 엽자건의 전신에서 일어난 자색 뇌기!

또다른 포달랍궁의 절학 중 하나인 소뢰마기가 철담협개

의 가슴을 관통해 갔다. 쏜살같이 그리했다.

"크헉!"

철담협개가 그제야 비명과 함께 바닥에 떨어져 내렸다. 순간적으로 정지한 것 같던 시간이 다시 움직임을 보이기 시작한 것이다.

그리고 그와 동시였다.

스스슥!

상완골이 박살 난 고통을 참고서 남궁황이 발검과 함께 창룡육격참의 검세를 일으켰다. 좌수다.

그래도 완벽한 검형!

순식간에 엽자건의 허리를 후리며 지나간다. 분명 그러했다. 아주 잠시 동안은 말이다.

"허!"

남궁황의 입에서 짤막한 탄성이 터져 나왔다. 어느새 엽자건이 뒤로 물러서 있었기 때문이다. 철담협개와 자신의 합공을 깨끗이 피하고서 말이다.

문득 엽자건의 입가에 흐릿한 미소가 담긴다. 그리고 흘러나온 서장어!

"다 죽여 버려라!"

"존명!"

복명 역시 서장어다.

더불어 움직이기 시작한 창룡무상검대의 결사대. 그들의

검날이 전날까지 함께 웃고 떠들던 동료들의 가슴을 향해 날아들었다. 피의 폭풍을 만들어냈다.

게다가 움직임을 보이기 시작한 건 그들뿐이 아니다.

어느새 활짝 열려진 진세 안으로 수천에 이르는 병력이 쏟아져 들어왔다. 엽자건과 함께 복귀한 창룡무상검대의 결사대를 쫓아와 부근에 매복하고 있었던 자들이 비로소 모습을 드러냈음에 분명하다.

"크악!"

"으악!"

"으아악!"

곳곳에서 터져 나오는 처참한 비명성, 피의 향연.

그 중심에 여전히 엽자건과 철담협개, 남궁황 등이 대치하고 있다. 서로를 주시한 채 어떠한 행동도 보이지 않고 있다. 품자형을 이룬 채 완벽한 힘의 균형이 형성된 것이다.

당연히 불리한 쪽은 각기 심각한 타격을 당한 철담협개와 남궁황이다. 그들은 천하를 호령하던 대고수답지 않게 안색이 점점 창백해져 가고 있었다.

그 모습을 묵묵히 지켜보던 엽자건이 슬쩍 이를 드러냈다. 이번에는 서장어가 아니라 한어가 흘러나온다. 목소리 역시 완전히 변했다.

"내 항상 궁금했었지. 곤왕 밑에서 각축을 벌인다는 삼검객과 삼기인이란 자들의 진짜 무위가 말야. 그런데 생각했던 것보다 별것없더군."

철담협개가 눈에 신광을 담았다.

"서장의 살아 있는 신이라 불리는 자가 어찌 이런 하류배들이나 사용하는 암계를 사용한단 말인가?"

"암계라……."

나직한 중얼거림과 함께 엽자건의 얼굴이 변화를 보였다. 순식간에 찰랑거리던 기다란 모발이 사라지고, 눈은 신비로운 금안으로 변했으며, 얼굴의 전반적인 윤곽이 달라졌다. 서장의 살아 있는 신대법대불왕의 본색을 회복한 것이다.

"으음!"

남궁황이 무거운 침음을 토했다. 손녀사윗감으로 점찍어 놨던 엽자건이 눈앞의 대법대불왕의 손에 죽었다는 생각이 든 까닭이다.

철담협개는 그리 생각하지 않았다.

그는 엽자건과 천룡영웅대의 싸움을 아주 많이 지켜봐 왔다. 그의 용의주도함과 질긴 생명력 역시 잘 알았다.

'게다가 지금은 그런 걸 따질 개재는 아닐 테지. 이대로 가다간 신무림맹의 정예인 삼 개 군단 전부가 모조리 전멸하게 생겼으니 말야……'

분명 그러했다.

동료라 믿었던 결사대의 변절과 수천에 달하는 포달랍궁 고수들의 기습에 전황은 완전히 기울어 버린 상태였다. 당장 눈앞의 대법대불왕을 죽이지 않는다면 전멸까지 각오해야만 할 절체절명의 상황에까지 몰려 버렸다.

당연히 철담협개의 마음이 급해지지 않을 수 없다.

극한에 이른 강룡장 공력으로 대법대불왕을 압박하며 그는 남몰래 남궁황에게 시선을 건넸다. 그와 합공을 하지 않고선 절대 눈앞의 대법대불왕을 제압할 수 없다는 판단을 내린 까닭이다.

피식!

그때 대법대불왕이 문득 입가에 비릿한 조소를 담았다. 신비로운 금안 역시 묘한 기운을 발한다.

"정말 어처구니없는 자들이 아닌가? 이런 상황에서도 본왕에게 합공을 가하는 걸 머뭇거리다니 말야."

"……"

"그럼 본왕이 조금쯤 마음을 편하게 만들어주도록 하지."

"뭐……"

철담협개가 막 입에 경호성을 담으려 할 때였다. 대법대불왕의 금안이 주변을 포위하고 있던 정예 무사들을 훑고 지나갔다. 마치 정인을 바라보는 여인네의 그것같이.

"크악!"

"으악!"

"우아아악!"

결과는 참혹했다.

대법대불왕의 환몽사안에 걸려든 무사들은 서슴지 않고 자신의 목에 칼을 들이댔다. 스스로 자진해 버린 것이다. 차마 동료를 찌를 수 없었기 때문이다.

물론 동료를 찌른 자들도 있다.

광기 어린 시선이 되어 그런 짓을 저질렀다. 환몽사안이 만들어낸 참상이었다.

"놈!"

"사술을 당장 멈추지 못할까!"

결국 남궁황과 철담협개가 일성대갈과 함께 대법대불왕에게 합공을 가해왔다. 그의 환몽사안이 일으킨 참상을 더 이상 참아낼 수 없었던 것이다.

그러자 기다렸다는 듯 대법대불왕의 전신을 휘감은 자색 강기의 방전!

극성에 이른 소뢰마기가 철담협개의 강룡장을 밀어내고, 빛살처럼 파고들던 남궁황의 창룡육격참을 막아냈다. 받아냈다. 가볍게 주변으로 흩어지게 만들었다.

절대지경!

그중에서도 무극(武極)이라 할 만한 경지다.

지극히 단순한 몇 가지 무공의 초식만으로 대법대불왕은 중원을 대표하는 두 초고수의 합공을 격퇴해 냈다. 마치 귀찮게 주변을 날아다니던 파리 몇 마리를 쫓아내듯 그리했다.

'하하, 역시 고작 이 정도인 것인가? 곤왕 유대유를 보고

내가 좀 과하게 중원무림을 평가했던 것 같구나.'

내심의 중얼거림과 함께 대법대불왕이 품속에서 광금불륜을 꺼내 들었다. 철담협개와 남궁황의 합공에서 더 이상 특별한 점을 발견할 수 없으니 슬슬 목숨을 거둘 참이었다.

'으음……'

환월은 눈매를 가늘게 만든 채 내심 침음을 삼켰다.

그녀는 엽자건의 명에 의해 그를 떠나 신무림맹 삼 개 군단의 군영에 숨어든 상태였다. 최선을 다해 달려왔으나 대법대불왕의 기습전을 미리 알리는 데는 실패했다.

하지만 여기까진 엽자건 역시 미리 예상한 터였다. 막사여의 북혈청랑대에게 매복 역습을 당한 상황에서 본진을 털릴 각오 정도는 하고 있었기 때문이다.

단! 엽자건은 환월을 통해서 본진 전력의 전멸만큼은 막으려 했다. 암도묵검의 독기에 완전히 잠식당한 자기 자신의 몸을 추스르는 동안에 말이다.

저주독과 암혈독.

암도묵검에 깃들어 있던 희세의 극독에 중독된 상태로 엽자건은 북혈청랑대의 천라지망을 뚫고 탈출했다. 중간에 몇 차례나 무리를 하지 않을 수 없었다. 그 자신뿐 아니라 환월까지 책임져야만 했기 때문이다.

당연히 간신히 안전한 장소에 도착한 그의 몸은 이미 만신창이였다.

암도묵검에 당한 상처뿐이 아니다.

금강불괴나 다름없던 그의 몸은 이곳저곳이 난자되어 있었고, 개중에는 목숨을 위협할 만한 중상도 포함되어 있었다. 그의 몸이 그만큼 독기로 인해 약화되었다는 뜻.

독기의 미친 듯한 폭주는 바로 그때 시작되었다.

깜짝 놀랄 만큼의 기세로 몸 전체를 장악하더니 순식간에 기가 막힌 변화를 일으켰다. 그의 모발을 태우고, 옷을 가루로 만들었으며, 피부를 온통 검게 물들였다.

절대독화(絶對毒化)의 상황!

환월이 보는 앞에서 엽자건은 당장 죽어도 할 말이 없는 극한 상황에까지 몰렸다. 몸 전체가 독기에 함몰된 채 육체의 붕괴만을 앞두게 된 것이다.

아니다.

상황은 곧 반전되었다.

뒤늦게 정신을 회복한 엽자건이 재빨리 자신의 몸을 땅속에 파묻었다. 일단 절대독화된 몸을 지기(地氣)를 이용해 안정시킨 후 세수경을 운용해 독기를 몰아낼 심산이었다. 충분히 그럴 수 있다고 생각했다.

하지만 그는 곧 절대독화란 게 아주 성가시다는 걸 눈치챘다. 몸을 묻자마자 주변의 대지가 검게 타들어가며 독지(毒地)로 변화하기 시작한 까닭이다.

더군다나 그 후에도 몸을 장악한 독기는 좀체 수그러들지 않았다. 오히려 그를 이루고 있는 몸 안의 모든 성분이 독으로 변화해 순환하기까지 했다. 순식간에 독문(毒門)에서도 쉬이 볼 수 없다는 독인(毒人)이 되어버린 것이다.

그래서 환월은 그를 떠날 수밖에 없었다.

눈물을 참으며 삼 개 군단의 군영을 향해 달려야만 했다. 독인으로 변해 독지가 된 땅속에서 빠져나올 수 없게 된 엽자건이 내린 명령을 거절할 수 없었다.

'그런데 군영 안에 숨어들자마자 이런 꼴이라니. 이러다간 곧 삼 개 군단 모두가 전멸당할 것 같잖아.'

그렇다.

그녀가 내심 한숨을 내쉴 만큼 눈앞의 상황은 암담했다. 철통같은 경계를 자랑하던 삼 개 군단의 진영은 이미 완전히 붕괴되어 버렸다. 안팎으로 당한 포달랍궁의 기습전으로 인해 전의를 상실한 채 일방적으로 도륙당하고 있었다.

물론 단지 그것만이 문제인 건 아니다.

엽자건으로 변장한 대법대불왕에게 한차례 암격을 당한 후 남궁황과 철담협개는 계속 밀리고 있었다.

곧바로 둘이 합공을 가하기 시작했으나 전혀 상대가 되지 못했다. 마치 어른과 아이의 싸움인 듯 일방적으로 대법대불왕에게 당하고 있었다. 그 자신들은 그리 생각하지 않을지도 모르겠지만 말이다.

'게다가 중요한 건 대법대불왕이 현재 아직 전력을 드러내지 않았다는 점이다. 두 사람의 합공을 상대하면서도 주변에 사술을 걸어서 살육극을 만들어낼 정도로 말야. 아! 이제 드디어 끝낼 작정을 한 건가?'

환월의 눈매가 가늘어졌다. 대법대불왕이 품속에서 광금불륜을 꺼내 든 것과 동시의 일이었다.

창!

대법대불왕이 내던진 광금불륜이 단숨에 남궁황의 손에서 검을 날려 버렸다.

찬연한 황금빛 광채로 뒤덮인 륜강!

단숨에 수십 개로 분리된 이 무쌍의 기병은 창룡육격참의 수십 가닥 검강지기를 모조리 분쇄했다. 등장과 함께 말도 안 되는 위력을 발휘한 것이다.

"왁!"

남궁황이 입에서 핏물을 뿜어냈다. 두 눈 역시 핏발이 서 있다. 광금불륜에 날아간 게 애검만은 아닌 듯하다.

하지만 그 순간에도 그의 검을 날린 광금불륜은 움직임을 멈추지 않고 있었다.

패애애앵!

공중에서 한차례 산란(散亂)을 일으키더니 다시 수십 개나 되는 륜강을 만들어냈다.

분신이 아니다. 하나하나가 진짜였다. 독립된 개체로서 공중을 배회하다 한쪽 방향을 향해 파고들었다.

"크악!"

기다렸다는 듯 터져 나온 신음성!

취팔선보를 극한까지 펼치며 막 대법대불왕의 지척까지 파고들었던 철담협개의 노안이 격렬한 흔들림을 보였다. 남궁황에 이어 터져 나온 신음의 주인이 누군지를 직감적으로 눈치챈 까닭이다.

잠시뿐이었다.

곧 핏발 선 눈으로 철담협개가 강룡장을 쏟아냈다. 항룡유회다. 힘으로 치자면 천하의 어떤 장공(掌功)에도 앞자리를 내주지 않는 강룡장의 최절초다.

그러나 그 순간 대법대불왕이 다시 가볍게 수장을 내저어 보였다.

쾅!

밀종대수인.

그다음은 소뢰마기다. 자연스레 대법대불왕의 주변을 휘감고 있던 자색 강기가 수십 가닥으로 갈라져서 철담협개를 향해 파고들었다.

파팟! 파파파파팟!

항룡유회를 펼친 상태로 철담협개가 피투성이로 변했다. 설마하니 자신의 항룡유회가 이처럼 간단하게 파훼되리라곤 상상조차 못했음이 분명하다.

더불어 다시 공중에서 모습을 드러낸 광금불륜!

섬뜩한 회전음과 함께 철담협개의 정수리를 노린다. 그를 향해 직각의 형태로 떨어져 내릴 준비를 한다. 여태까지와 같이 단숨에 목숨을 거둬 버릴 듯하다.

"놈!"

그때 분노한 일성대갈과 함께 장엄한 백색 광채가 대법대불왕을 향해 파고들었다.

남궁황의 손을 떠났던 검이다.

그가 평생의 공력과 깨달음으로 만들어낸 무형검(無形劍)이 순식간에 공간을 양단해 왔다. 철담협개가 전력으로 만들어준 기회를 놓치지 않고 회심의 일격을 가한 것이다.

데굴.

자연스레 대법대불왕의 시선이 철담협개를 떠난다. 천하무쌍의 노검객이 만들어낸 무형검이다. 그로서도 신경을 쓰지 않을 도리가 없다.

그리고 그게 바로 철담협개가 기다리던 순간이었다.

"갈!"

역시 일성대갈과 함께 철담협개가 바람같이 허리춤에서 타구봉을 뽑아 들었다.

그냥일 리 없다.

그의 발끝이 다시 취팔선보를 만들어냈고, 타구봉은 푸른 그림자가 되어 천하를 뒤덮는다.

천하무구(天下無狗)!

단 일 초식만으로 만변을 만들어낸다는 타구봉 최강의 초식이 대법대불왕의 전신을 휘감았다.

여전히 머리 위를 노리고 있는 광금불륜조차 도외시한 일격이다. 합공이었다.

빙긋!

그러나 순간 대법대불왕의 입가에 흐릿한 미소가 걸렸다. 그 특유의 조소다.

더불어 그의 품속에서 튀어나온 또 다른 륜.

하나가 아니다.

삽시간에 대여섯 개로 늘어난다. 회전한다. 변화를 보인다. 모두 대법대불왕의 전신을 휘감은 채로다.

쩌쩡!

콰콰쾅!

바로 그곳으로 남궁황의 무형검과 철담협개의 천하무구가 파고들었다. 부딪쳤다. 거세게 튕겨져 나왔다. 삽시간에 그런 꼴이 되어버렸다.

"크억!"

"우왁!"

결국 다시 남궁황의 입에서 핏덩이가 터져 나왔고, 철담협개의 전신은 더욱 심각한 피투성이로 화했다. 그만큼 이 한

번의 합공에 전심전력을 다했던 것이다.

그럼 대법대불왕은?

어느새 그의 몸 주변으로 열 개로 늘어난 가지각색의 륜이 빙글거리며 맴돌고 있었다. 마치 유형화된 호신강기 같다. 그런 형태로 대법대불왕 주변에 존재하고 있었다.

"하하, 이번 공격은 꽤 재밌었다. 본왕으로 하여금 십천강륜(十天剛輪)을 사용케 했으니 말야."

'시, 십천강륜?'

'저 빌어먹을 기병이 하나뿐이 아니었을 줄이야!'

내심 침음하는 남궁황과 철담협개를 향해 빙글거리고 있던 대법대불왕의 금안이 곧 섬뜩한 기운을 발했다. 입가의 미소 역시 슬그머니 자취를 감췄다.

"그런데 이젠 본왕도 슬슬 짜증이 나기 시작했단 말야. 그러니 이만 죽어들 주시는 게 어떻겠나?"

"건방진……!"

"미친……!"

침묵 속에 내기를 다스리고 있던 남궁황과 철담협개가 대법대불왕의 광오한 소리에 버럭 소리를 지르다 각기 안색을 일그러뜨렸다.

찰나간이다.

말도 안 될 정도로 짧은 순간이었다.

푸확! 푸화악!

그들의 몸 전체에서 피 화살이 터져 나왔다. 어느새 대법대 불왕의 주변을 휘감고 있던 십천강류이 날아들어 그들의 호신강기를 파괴해 버린 까닭이다.

근골 역시 무사치 못했다. 상당 부분 찢어지고 박살 나버렸다. 단 일격만으로 대법대불왕은 자신이 한 소리가 광오함이 아님을 증명해 냈다.

그런데 바로 그때다.

막 최후의 일격을 날리기 위해 진원지기를 끌어올리고 있던 철담협개의 귓전으로 익숙한 목소리가 파고들었다. 결국 참지 못하고 은신을 푼 환월의 전음입밀이었다.

[어르신, 잠시만 저 괴물을 막아주십시오. 이염 선배와 함께 사지를 탈출해 보겠습니다!]

'환월? 그 아이가 살았다면 엽자건 그 녀석도 죽지는 않았으렷다!'

내심 눈을 빛낸 철담협개가 역시 전음입밀을 발휘했다.

[곧장 서북쪽으로 도주로를 잡거라! 그쪽의 방어진이 가장 허술하니까.]

[예, 어르신. 그런데…….]

[되었다. 살 만치 살았으니 이젠 죽을 자리를 찾을 때도 되었던 게지. 그리고…….]

환월에게 뭐라 몇 마디를 더 전한 철담협개가 문득 시선을 남궁황에게 향했다. 눈에 핏발을 세운 채 역시 진원지기를 일으키고 있던 그에게 몇 마디를 전하기 위함이었다.

우연이었을까?

마침 남궁황 역시 철담협개를 바라보고 있었다. 그 역시 환월의 전음입밀을 들었음이 분명하다. 철담협개의 속내를 알고자 했음이 분명하다.

그래서였을 것이다.

두 사람의 시선 교환, 아주 짧았다. 그것만으로 충분했다.

스슥! 슥!

일순 남궁황과 철담협개가 만신창이가 된 노구를 동시에 대법대불왕을 향해 날렸다. 몸속의 진원지기를 일거에 폭발시키면서 최후의 공격을 가한 것이다.

꿈틀!

대법대불왕의 검미가 치켜 올라갔다.

'종사의 위치에 있는 자들이 이런 상황에서 구차하게 동귀어진을 노린다? 누군가를 구하려 함이로구나!'

그의 예상은 옳았다.

바로 그 순간 확실히 모습을 드러낸 환월이 광금불륜에 얻어맞고 부근에 쓰러져 있던 천살마도 이염을 부축한 채 신형을 날리고 있었다. 이염에게 배속되어 있던 백여 명의 무사와 함께였다.

잠시간의 갈등.

대법대불왕은 곧 심중의 망설임을 털어냈다.

차르르르륵!

그의 전신을 휘감고 있던 십천강륜이 다시 움직임을 보였다. 남궁황과 철담협개의 필사적인 의지가 담긴 동귀어진을 조금도 허용할 마음이 없었기 때문이다.

쾅! 쾅!

귓전을 울리는 폭발음. 후끈하게 배후로 날아드는 열기. 진득한 피 냄새……

과다 출혈로 혼절한 이염을 업고 빠르게 신형을 날리던 환월은 얼른 눈가를 소매로 훔쳤다. 마지막으로 귓전에 파고든 철담협개의 전음에 가슴 한구석이 아려왔다.

"아들을 부탁함세. 그놈, 꼭 살려서 개방으로 데려가야만 해. 내 자네만 믿고 먼저 가네."

개왕 철담협개 이구.

환월이 중원무림에 발을 내디딘 후 엽자건을 제외하곤 가장 깊게 정을 나눈 상대이다. 인종과 국적이 다른 그녀에게 아낌없이 개방의 절기를 전수해 줬던 사부 같은 존재였다.

당연히 그녀는 그를 구하고 싶었다.

어떻게든 기회를 봐서 대법대불왕을 암살하고 싶었다. 그럴 수만 있으면 반드시 그리했을 터다.

하지만 그녀는 대법대불왕의 압도적인 무위에 경악했다. 남궁황과 철담협개의 합공을 단숨에 무력화시킨 위세에 기가 질려 버렸다. 도저히 현재로선 어찌해 볼 수 없는 상대임을 간파한 것이다.

더군다나 당시 삼 개 군단은 거의 전멸을 목전에 두고 있었다. 사방에서 쏟아져 들어온 환희불과 정체불명의 고수들한테 일방적으로 각개격파를 당했다. 애초 내부에서 벌어진 상잔으로 인해 한데 힘을 모아 대응하지 못한 것이 가장 큰 원인이었음은 물론이다.

엽자건이라면 이런 상황에서 어떤 결정을 내렸을까?

환월은 잠시의 고민 끝에 인자다운 결단을 내렸다. 전음입밀로 철담협개와 남궁황에게 뒤를 막아줄 것을 부탁하고 탈출 작전을 주도하기로 마음먹은 것이다.

'내 선택은 옳다. 분명히 옳다. 그 상황에서 두 어르신의 희생이 없었다면 절대 이염 선배와 개방의 십걸개를 구해낼 수 없었을 테니까. 하지만 주인님한테는 크게 혼날지도 모르겠구나. 다른 사람은 몰라도 철담협개 선배님은 그분한테 정말 소중한 존재였으니까. 나한테도 그랬고……'

다시 눈에 습막이 어린다.

왈칵 눈물을 쏟아낼 것만 같다.

귀살인도를 대표하던 특급 인자로선 있을 수 없는 일이다, 절대로.

그런데 그런 감정적인 격류가 갑자기 환월에게 일어나 버렸다. 엽자건의 뒤를 따르며 어느새 사람 간의 정리(情理)를 알아버린 까닭이다.

그러나 그녀는 곧 정신을 차갑게 가라앉혔다.

눈물.

지금은 흘릴 수 없다. 아직은 곤란하다. 독인이 된 엽자건이 내린 명령을 완벽하게 수행하기 전까지는 말이다.

으쓱!

등에 업혀 있는 이염을 한차례 추어올린 그녀의 신형이 더욱 빨라졌다. 그 뒤를 십걸개와 백여 명의 개방도가 침묵 속에 따르고 있었다.

*   *   *

환월을 떠나보내고 얼마나 지났을까?

세수경과 역근경을 조화시켜 절대독화된 몸속에서 독기를 제어하고 있던 엽자건이 문득 감았던 눈을 떴다.

일수유가 곧 억겁과 같다고 했다.

그는 꽤나 오래전 소림사에서 읽었던 불경 한 구절을 고스란히 재현해 냈다. 극히 짧은 순간의 명상만으로 절대독화로 인해 잃어버렸던 몸의 주도권을 되찾은 것이다.

물론 후유증 역시 없다곤 할 수 없다.

사실은 꽤나 많았다.

"후우우!"

가벼운 입김. 독기가 깃든 한차례의 호흡. 단숨에 주변의 대기에 지독스런 암운을 만들어놓는다.

게다가 변화는 그것뿐만이 아니다.

일순 땅속에 몸을 절반쯤 파묻고 있던 엽자건의 주변에서 기묘한 용오름 현상이 일어났다. 소용돌이다.

마치 대기 자체가 생명력을 얻은 듯 회오리를 만들어내더니 곧 사방으로 확산되어 갔다. 화산이 폭발이라도 일으킨 것 같은 형상을 만들어내면서였다.

결과 역시 크게 다르지 않다.

갑작스런 대기의 변화와 맞닥뜨린 주변 하늘의 새와 날벌레들이 일제히 바닥에 떨어져 내렸다. 대자연의 미세한 변화조차 간파하는 미물들이나 이번에는 전혀 그리할 수 없었다. 아무런 징후조차 보이지 않고 불현듯 일어난 변화였기 때문이다.

후두득거리는 소리.

마치 갑자기 만난 소나기나 다름없다. 용오름의 폭발뿐 아니라 그 속에 담겨 있는 독기가 그런 결과를 만들어냈다.

그리고 그와 동시다.

엽자건이 땅속에서 불쑥 몸을 빼냈다.

여전히 검게 물들어 있는 나신. 알몸이다.

그러나 일순 그런 그의 전신을 용오름을 만들어낸 검은 암운이 자연스레 휘감는다. 마치 검은 대기로 된 장포를 몸에 두른 것이나 다름없다.

흑신(黑神)의 강림!

혹은 암운의 신이 인세에 모습을 드러낸 것이나 다름없다.

뚜둑!

그때 엽자건이 목 주변의 근육을 가볍게 풀어 보였다. 흰자위 하나 남지 않은 검은 눈이 일시 불꽃을 쏟아낼 듯하다. 이역시 전설이나 신화경에 나옴 직한 모습이다.

"곤란하게 됐군. 독기를 밖으로 배출하는 게 아니라 오히려 만들어내게 되었으니 말야. 게다가 내 존재만으로 주변의 대기가 극독으로 변하는 듯싶으니……. 이런 게 바로 독중독인(毒中毒人)의 경지인 건가? 뭐, 나중 일은 모르겠고 일단은 잘됐는지도 모르겠군. 어찌 됐든 적의 후방 본진을 털러 가는 데는 꽤 유용할 것 같으니까."

그의 현재 몸 상태.

결코 이런 말을 쉽사리 내뱉을 만한 상황이 아니다.

유수의 독문에서도 전설에나 등장하는 게 독중독인이었다. 절대독화된 몸의 제어권을 강제로 되찾는 과정에서 얻은 부작용이었다.

당연히 제대로 된 것일 리 없다. 사리에 맞지 않는다. 언제 다시 몸의 제어권을 놓칠지 몰랐다. 다시 절대독화되어 한 줌의 핏물로 대지 위에 녹아내릴지 모른다는 뜻이다.

절대 안정이 요구되는 상황!

분명 그랬다. 단연코 그래야만 했다.

하지만 엽자건은 그럴 생각이 없었다. 전혀. 애초 절대독화된 몸을 땅속에 파묻고 중화를 시도할 때부터 그랬다.

─장군을 받았으니 멍군이다!

그러기 위해 환월을 일부러 떠나보냈다. 이번 일만은 반드시 혼자서 처리해야만 직성이 풀릴 것 같았기 때문이다. 절대독화된 자신의 주변에 머물다 다치게 하고 싶지 않았기도 했고 말이다.

마음이 시키는 대로…….

그렇게 엽자건은 결정 내렸다. 나아가려 하고 있었다. 아주 오랫동안 그를 머뭇거리게 하고, 묶어놨던 일의 매듭을 확실히 짓기 위해서.

'요진, 조금만 기다려라! 내가 지금 당장 갈 테니까!'

내심의 중얼거림과 함께 엽자건이 신형을 공중으로 띄워 올렸다.

부풍무영!

그다음은 궁신탄영이다.

쉬아악!

그의 신형이 순간 암영의 빛으로 화했다.

북서쪽 방향. 오늘 밤 그믐의 어둠을 틈타 엽자건과 결사대가 침투하려 했던 포달랍궁의 본진이 있는 방면이었다.

第百二章

결자해지(結者解之)

少林
棍王

소림곤왕

저벅! 저벅!

지옥 유부의 아수라장이 이러할까?

삼기인의 일좌 개왕 철담협개 이구와 삼대검객의 수장 검존 승천검군 남궁황.

중원을 대표하는 양대 고수의 합공을 물리치고 동귀어진조차 허용치 않고 죽여 버린 대법대불왕은 천천히 걸음을 옮겼다. 처참한 주변의 환경 속에서도 표정 한 점 흐트러짐이 없다. 마치 당연한 일을 벌인 듯하다.

방금 전까지 학살이 자행된 삼 개 군단의 군영은 피바다 그 자체였다. 막사는 불에 타고 사람은 핏물 속에 파묻혀 숨결조차 남지 못했다.

넋조차 쉽사리 성불치 못했으리라!

"옴마니 반메훔!"

"옴마니 반메훔!"

포달랍궁에서 데려온 정예 환희불들이 이곳저곳을 떠돌며 구천으로 떠난 생령들을 위로한다. 밀종의 진언을 외우며 자신들이 벌인 대학살극의 잔재를 씻어내고 있다. 어찌 됐든 그들은 불교도인 까닭이다.

문득 그 사이에 홀로 고독하게 존재하고 있던 대법대불왕의 검미가 가볍게 치켜 올라갔다. 여유롭던 걸음 역시 이미 멈춰 있다.

'예상 밖의 일이 벌어졌단 건가?'

있을 수 없는 일이다.

적어도 방금 전까진 그러했다. 구룡에서 꽤나 오랫동안 포달랍궁의 정예를 막아내고 있던 신무림맹의 삼 개 군단을 몰살시킨 지금까지는 말이다.

스으!

대법대불왕의 신형이 공중으로 솟아올랐다.

마치 능공허도(凌空虛渡)를 펼친 것과 같다. 그런 정도의 극상승의 신법으로 아수라장을 벗어났다. 급히 확인해야만 할 일이 있었기 때문이다.

"헉!"

하늘에서 뚝 떨어져 내린 대법대불왕의 강림에 막사여가 입을 크게 벌렸다.

더불어 폭발적으로 터져 나온 핏덩이!

그의 벌어진 입에서 꾸역꾸역 핏물이 토해져 나왔다. 흑혈이다. 굳이 자세히 살피고 검사하지 않더라도 극독에 중독되었다는 걸 알 수 있는 모양새다.

스읏!

대법대불왕이 바로 손을 썼다.

금광 어린 수장을 뻗어 막사여의 전신을 어루만지고, 공력을 전이시켰다. 신화경에 도달한 내경을 이용해 당장 숨이 끊길 듯하던 그의 몸 상태를 일시적이나마 정상에 가까운 상태로 되돌려 놓은 것이다.

과연 신묘한 위력을 발휘했다.

당장 검게 죽어가던 막사여의 안색이 빠르게 화색을 회복하더니 입술 새로 흘러내리는 독혈의 색깔 역시 변했다. 급격하게 선홍색이 되었다.

"버, 법왕님……."

"시간이 없다. 어서 후방 본진의 북혈청랑대에 생긴 문제에 대해 말하라!"

"…절 구해주실 수는 없는 겁니까?"

"그렇다."

냉정해 보이기까지 하는 대법대불왕의 말에 막사여의 얼굴이 창백하게 질렸다.

초인의 경지에 이른 무인!

그조차 자신의 죽음을 막을 수 없다는 것에 절망할 수밖에 없었다. 일시 어떤 생각도 나지 않는 듯 머릿속이 백지로 변해 버렸다.

잠시뿐이었다.

대법대불왕의 금안이 번뜩인 순간, 환몽사안에 걸려든 그가 떨리는 목소리로 입을 열었다. 지독한 독기에 체내를 잠식당한 탓에 특기인 흑안파뇌공이 무력화된 까닭이었다.

"명하신 대로 자초지종을 말하겠습니다. 그러니까 이게 어찌 된 일이냐 하면……."

*   *   *

한 시진 전.

엽자건의 예상대로 포달랍궁의 본진은 평상시와 달리 꽤나 한산해져 있었다.

이유는 뻔하다.

지금쯤 주력인 일천 환희불과 환몽사안에 걸려든 삼천 운남 고수들 중 대부분이 자리를 비웠을 거라 확신했기 때문이다. 신무림맹의 삼 개 군단을 몰살시키기 위해서 말이다.

더군다나 북혈청랑대 역시 상당수 자리를 비우고 있었다.

엽자건을 매복 역습하고 천라지망을 펼치는 데 족히 절반인 오백 명가량이 동원되어서였다. 아직 복귀하지 않은 걸 보면 역시 그믐의 어둠 속에서 수색을 계속하고 있음이 분명하다.

'뭐, 지금 같아선 그다지 상관없을 것도 같지만……'

과신이 아니다. 확신이었다.

엽자건은 독중독인이 된 후 포달랍궁의 본진으로 달려오는 동안 아주 끔찍한 짓을 저질렀다. 일으켜 버렸다.

대자연의 초토화!

그가 내달리는 와중에 암운에 가까운 독의 폭풍에 휩쓸린 모든 생명체가 몰살당했다. 나무와 풀은 누렇게 죽어버렸고, 대지와 하늘을 노닐던 짐승들 역시 마찬가지였다. 끊임없이 몸속에서 생산되어 밖으로 확산되고 있는 절대지독이 만들어 낸 참상이었다.

물론 이는 어디까지나 엽자건의 예상을 벗어난 일이었다.

계획되지 않았고, 할 수도 없는 일이었다.

도대체가 이런 말도 안 되는 일이 자신으로 인해 벌어지리라 누군들 생각할 수 있었겠는가.

단! 엽자건은 오히려 잘되었다고 생각했다.

어쩌면 평생 저주로 남을 수도 있는 독중독인이 된 자신의 몸을 확실히 써먹을 방도를 떠올린 까닭이다. 그 후의 일은 어찌 될지 당분간은 생각하지 않기로 했다.

푸스슷!

엽자건이 흑화된 자신의 손을 들어 올렸다.

별다른 마음의 유동이 없었음에도 자연스레 일어난 암영의 기운.

강기의 구(球)나 다름없다.

그것도 절대의 극독이 뭉쳐서 이뤄진 독강의 형태다.

그런 물건이 생겨났다.

하나둘이 아니다. 무려 수십 개가 넘게 형성되었다. 엽자건의 손뿐이 아니라 몸 주변으로 말이다.

"가라!"

엽자건의 일갈은 불필요했다. 이미 독강이 뭉쳐서 만들어진 구들은 움직이고 있었다. 애초부터 그리할 작정을 품고 형성되었던 것처럼 말이다.

슈슉! 파아아아앙!

"헉!"

"쿠억!"

"무슨? 크아아아악!"

포달랍궁 본진의 최외각을 지키고 있던 북혈청랑대의 방어진이 순식간에 붕괴되었다.

느닷없이 몰아쳐 온 독강의 폭격이 원인이다.

방어진의 첫 번째 열은 비명조차 지르지 못했다.

독강에 꿰뚫리자마자 한 줌의 독수로 변해 바닥에 무너져 내렸다. 너무 순식간에 죽임을 당해 고통조차 느낄 새가 없었다.

아비규환은 두 번째 열부터였다.

순식간에 첫 번째 열을 붕괴시킨 독강은 곧바로 천지사방으로 분화되었다. 확산되었다. 마치 수천 개나 되는 독정(毒精)이 된 것이나 다름없이.

일백 명?

아니, 그 이상이 독정의 폭류에 휩쓸렸다. 온몸에 독정을 뒤집어쓰고 독색 연기 속에 스러져 버렸다. 순식간에 몰살을 당해 버린 것이다.

당연하달까?

폭풍처럼 터져 나온 비명성 뒤에는 공포와 분노가 섞인 괴성이 뒤따른다. 한 번도 경험한 적이 없는 소름 끼치는 독공의 위력 앞에 공포심에 젖는 한편, 동료들의 어이없는 죽음에 분노할 수밖에 없었다.

"적이다!"

"적이 공격해 온다!"

"독공을 사용하는 적이다! 방어진을 확립하고 상부에 어서 알려라!"

새외제일의 고수라 일컬어지는 대법대불왕의 휘하답다.

북혈청랑대는 엄청난 선제 타격의 충격 속에서도 얼른 전열을 재정비해 갔다. 일단 방어진을 구축해서 적의 이차 공격에 대비하고서 상부의 고수들이 집결할 시간을 벌려는 의도였다.

스슥! 스스스슥!

독수로 변해 녹아내린 최전방 일열과 이열의 방어진 뒤로 삼열과 사열, 오열까지의 인원들이 빠르게 채워졌다. 거의 본진에 남아 있던 병력 중 삼분지 이 이상이 집결한 것이라 봐도 무방할 듯싶다.

그러나 이는 엽자건이 애초부터 바란 바였다.

스으으!

첫 번째 독강의 일격 후 곧바로 신형을 공중으로 띄워 올린 엽자건은 잠시 천신처럼 대지를 바라보고 있었다. 여전히 몸에는 암운이 휘몰아치고 있고, 입가에는 흐릿한 미소가 매달려 있다.

'마침 딱 알맞게 몰려들었군. 이번에도 제대로 공격이 성공할진 모르겠지만⋯⋯.'

의미 불명의 뇌까림.

곧 확연히 이해하게끔 된다.

흡사 개미 떼처럼 몰려든 북혈청랑대 수백 명을 향해 엽자건이 맹렬한 기세로 떨어져 내린 까닭이다. 여전히 절대지독의 정화라 할 수 있는 암운을 몸 전체에 휘감은 채로 말이다.

쾅!

첫 번째 때와는 비교가 되지 않는 굉음이 대지를 뒤흔들었
다.

흡사 화산이 폭발한 것 같다.

그 정도의 폭발음과 함께 방어진의 붕괴를 막기 위해 몰려
든 북혈청랑대가 검은 폭풍에 휩쓸렸다.

절대지독의 대폭발에 육체가 박살 나고 피가 증발하고, 영
혼이 소멸해 버렸다. 첫 번째 공격 때와 같이 눈 깜빡할 새 벌
어진 일이었다.

물론 이번 역시 생존자는 있다.

대충 두어 명가량?

"으어!"

"으어어어……."

최후미에 붙어 달려들던 생존자들은 바닥에 털썩 주저앉
은 채 똥오줌을 마구 내갈겼다. 눈 역시 절반쯤 풀렸다. 인간
의 인지력을 완전히 뛰어넘어 버린 대학살극을 보고 정신줄
을 놓아버릴 수밖에 없었다.

슥!

그런 그들 앞에 엽자건이 다가섰다.

그의 배후로 보이는 광경은 그야말로 지옥 그 자체. 변한
점이 있다면 암운이 다소 희미해졌다는 점뿐.

핏! 핏!

거의 발광에 들어가기 직전이던 두 생존자가 이마에 작은 홍점이 형성된 것과 함께 의식을 잃었다. 한차례 손짓만으로 그들의 목숨을 거둔 것이다.

그런데 바로 그때다.

자신이 만들어놓은 지옥도를 떠나려던 엽자건의 눈빛이 가벼운 흔들림을 보였다. 여전히 막강한 위용을 자랑하던 암운 역시 마찬가지다.

콰릉!

절대지독으로 된 호신강기!

그게 엽자건을 보호하고 있는 암운의 정체였다.

당연히 방금 전 보였던 압도적인 공격력에 비견될 만한 방어력을 발휘한다. 웬만한 공력이나 병기 따위는 부근에 도착하기도 전에 흔적도 남기지 못하고 소멸할 수밖에 없다는 뜻이다.

이번엔 사정이 좀 달랐다.

쾅! 쾅! 쾅!

엽자건은 최초의 맹렬한 타격감과 함께 몇 차례나 신형을 휘청거렸다. 암운 역시 농도가 흐릿해졌다. 그만큼 상당한 정도의 타격을 연속적으로 당했다는 뜻.

물론 이렇게 당하고만 있을 엽자건이 아니다.

스슥!

어느새 그의 전신으로 애초 모습을 드러냈던 독강의 구가 열 개 넘게 모습을 드러냈다. 회전을 하며 움직였다. 또다시 날아든 외부의 타격을 튕겨내고, 반격에 들어가기 위함이었다.

과연 통했다.

쩌쩡!

엽자건의 주변을 빙글거리며 회전하던 독강의 구들이 일순 벽력 음을 토해내며 한쪽 방향으로 날아갔다. 때마침 날아든 암경에 대한 반발이었다.

더불어 수십 장 밖에서 터져 나온 폭발음!

그다음은 다급함이 물씬 풍겨 나오는 신음성들이다.

"오, 옴마니 반메훔!"

"옴마니 반메…… 우웩!"

"어, 어찌 이런 말도 안 되는 위력의 독공이 존재할 수 있단 말인가!"

서장어.

중원에선 쉽사리 듣기 힘든 진언과 당혹 어린 신음 역시 이어진다. 여태까지 엽자건이 파죽지세로 몰살시켰던 북혈청랑대와는 완연히 다른 부류의 고수들이 모습을 드러낸 것이다.

대충 짐작 가는 바가 있다.

'드디어 포달랍궁의 라마들이 모습을 드러냈구나! 그것도 꽤나 고수 급들이 말야!

포달랍궁의 고수들이라면 제법 익숙하다. 감요진과 소림사에서 재회했을 때 대법대불왕의 제자인 쌍룡불인을 만난 적이 있었기 때문이다.

물론 그때와 엽자건은 완전히 다른 사람이다.

절대지경에 이른 무위!

게다가 암도묵검의 양대지독에 당해 독중독인이 된 상태다. 중간에 무차별적으로 독기를 발산시켰다곤 하나 아직 몸을 감싸고 있는 암운의 위력은 압도적이었다. 여전히 전혀 제어가 되지 않는 상태이기도 했고.

스으!

의형수형(意形隨形)이라 해도 부족함이 없겠다.

마음이 움직인 것과 동시에 엽자건의 신형이 자신을 공격하다 역습을 당한 한 떼의 라마들을 향해 다가들었다. 특별히 의식한 건 아니나 부풍무영과 부동무상이 거의 동시에 펼쳐졌다. 결합이 된 것이나 다름없다.

당연히 그 속도는 극상!

일시 포달랍궁 특유의 상승 공부 중 하나인 격체진공력(隔體眞功力)으로 각자의 내공을 한데 모으고 있던 라마들의 안색이 시커멓게 변했다. 설마 수십 장이나 떨어져 있던 엽자건이 단숨에 자신들 앞에 도달할 줄은 예상치 못했기 때문이다.

그러나 포달랍궁의 무수히 많은 라마 중 격체진공력을 사용할 수 있는 건 대법대불왕의 직전제자밖엔 없다. 여기 모인 라마 하나하나가 절정 급 이상의 무위와 포달랍궁 비전의 신공절학을 지니고 있다는 의미.

특히 격체진공력은 더욱 신묘한 위력을 품고 있었다.

웅! 우우웅!

언제 대경실색했냐는 듯 라마들이 다시 격체진공력을 일으켰다.

열 명 각자의 내공력의 합일.

그다음은 증폭이다. 단숨에 절대고수나 발휘할 수 있는 압도적인 기력을 일으킨 것이다. 그것도 십방의 방위 전부를 점하고서.

콰릉! 콰콰콰콰쾅!

다시 엽자건의 암운을 향해 압도적인 위력의 무형강기가 날아들었다. 내공력도 내공력이지만 속도가 가히 일품이다. 아예 기다리고라도 있었던 것 같다.

하지만 엽자건은 이미 격체진공력을 경험한 바 있었다.

다시 당할 리 없다.

거센 폭발음을 뚫고 엽자건의 신형이 귀영처럼 라마들을 향해 파고들었다. 방금 전의 공격을 예의 의형수형의 경지에 이른 금강부동보로 모조리 피해 버린 것이다.

더불어 활짝 펼쳐진 수장!

콰릉!

소림사를 대표하는 장공인 대력금강장(大力金剛掌)이 폭발적으로 터져 나온다.

"쿠억!"

"우와악!"

그 압도적인 장강(掌罡)에 휩쓸린 라마 중 둘이 분수처럼 피를 뿜어내며 바닥에 주저앉았다. 격체진공력으로 인해 완전무결한 방어를 이루고 있었음에도 허를 찌른 대력금강장을 감당할 수 없었음이다.

게다가 이번 일장에는 절대지독 역시 포함되어 있었다.

격체진공력으로 한 몸이 되었던 다른 라마들에게 급속도로 독기가 전파되어져 갔다.

"옴마니 반메훔!"

"산(散)한 연후에 다시 합(合)에 나서라!"

당황한 나머지 여덟 라마가 진언과 함께 재빨리 격체진공력을 풀었다. 일단 절대지독의 침습을 방비한 후 다시 결합하겠다는 심산.

엽자건 역시 충분히 예상할 수 있었던 상황이다. 애초에 기다리고 있었기도 하고.

'좋아!'

내심 차갑게 눈을 빛낸 엽자건의 신형이 순간적으로 아홉 개의 분영을 만들어냈다.

연대구품?

그냥 모양만 그렇다. 평범한 신법이 아니라 암운의 방패로 전신을 두른 돌격이었기 때문이다. 라마들이 다시 격체진공력의 합을 이루기 전에 말이다.

퍼덕!

라마 한 명이 공중으로 가볍게 튀어 올랐다. 끔찍한 피보라에 휘감긴 채다.

퍼덕! 퍽! 퍽! 퍽! 퍽…….

그게 시작이었다.

순식간에 똑같은 상황이 연속적으로 벌어졌다. 시간차란 말이 무색할 만큼 빠르게 여덟 명의 라마가 형체불명의 피 떡이 되어 죽음을 맞이한 것이다. 변변찮은 저항 한번 해보지 못하고서 말이다.

'후우!'

난장판이 된 주변.

흡사 하늘에서 피의 비가 쏟아져 내린 듯하다. 순식간에 대지를 검게 오염시킨다. 엽자건의 암운이 만들어낸 절대지독에 당한 죽음의 잔재인 까닭이다.

그래서인지 자신이 만들어놓은 검은 피바다 가운데 홀로 남아 있던 엽자건의 외양은 조금 바뀌어 있었다. 장포처럼 그의 나신을 휘감고 있던 절대지독의 기운이 눈에 띌 정도까지 흐릿해진 것이다. 몸의 곡선이 은은하게 내비치는 수준까지.

더군다나 변화는 그것만이 아니다.

어느새 세수경과 역근경의 내경과 어우러져 있던 암도묵검의 양대지독이 다시 분화를 일으켰다. 급격한 독기의 대방출로 인해 독중독인의 상태가 깨지자 슬슬 다시 독자적인 움직임을 보이기 시작한 것이다.

"큭!"

엽자건이 이를 악물었다. 완연히 약해지긴 했으나 여전히 저주독과 암혈독의 결합은 위험하다. 슬슬 다시 뒤틀리기 시작한 기경팔맥이 전해주는 고통에 자칫 신음을 입 밖으로 흘릴 뻔했다.

아직은 안 된다!

피비린내 나는 죽음의 향연을 벌였음에도 위험은 여전히 남아 있었다. 완전히 제거되지 않았다. 조금 전부터 주변을 맴돌며 살갗을 저릿하게 만들고 있는 기묘한 살기의 존재가 바로 그것이다.

'방금 전에 해치운 라마들보다 더 강한 고수다, 적어도 초절정 급에 속한. 게다가 꽤나 영악하다. 내가 독중독인의 제어력이 깨진 상태에서 자신을 드러냈으니 말야.'

어차피 각오하고 있던 바다.

암도묵검의 양대지독을 제어하는 과정에서 우연찮게 이룬 독중독인의 상태이다. 언제까지나 계속 지속될 리 만무했다. 오히려 생각했던 것보다 훨씬 잘 써먹었다는 생각도 들었다.

포달랍궁의 본진을 혼자서 완전히 털어버렸으니 말이다.

그런 생각을 떠올린 것과 동시다.

이젠 거의 흔적만이 남은 상태가 된 엽자건의 암운을 노리며 흐릿한 백색 그림자 하나가 파고들어 왔다.

눈으로 쫓기 힘든 속도.

당연히 순식간에 간격 역시 좁혀진다. 마치 처음부터 그런 게 존재하지 않았던 것처럼.

스스슥!

백색 그림자는 등장과 동시에 엽자건의 암운 속으로 파고들었다. 사각으로 파고들며 섬뜩한 소수(素手)를 번뜩였다. 휘몰아쳐 왔다, 마치 칼날로 공간 자체를 베어내듯이.

파슛!

순간 엽자건의 동공이 확장되었다.

섬뜩할 만큼 아름다운 소수가 만들어낸 궤적이 낯익었기 때문이다.

또한 백색 그림자의 움직임 역시 마찬가지다.

'현천환환보법! 그렇다면 이 수공은 현천마강살의 응용이 분명할 터!'

사유보다 먼저 움직임이 이뤄졌다. 그의 본능이 그런 말도 안 되는 일을 가능케 했다.

스슥!

일순 엽자건의 신형이 둘로 나뉘었다.

부동무상.

그다음은 대력금강장이다. 아주 자연스럽게 불시의 기습을 가한 백색 그림자의 사각을 향해 파고든다. 그것도 요혈이라 할 수 있는 명문혈(命門穴)이다.

퍼억!

둔탁한 타격음.

그와 함께 동작을 멈춘 백색 그림자가 가벼운 흔들림과 함께 신형을 뒤로 물렸다.

처음의 등장처럼 빠르고 단호한 움직임!

그제야 엽자건은 백색 그림자의 진면목을 확인할 수 있었다.

파르라니 머리를 깎은 매혹적인 미모의 비구니.

애초 예상했던 대로 현천마녀 능여옥이다.

감요진의 사부이자 새외칠마의 일좌인 그녀가 포달랍궁의 본진이 괴멸할 위기의 순간 모습을 드러낸 것이다. 암습이라는 전혀 신분에 어울리지 않는 행동과 함께 말이다.

그녀의 청명한 눈에는 의혹이 어려 있다.

단숨에 자신의 성명절기인 현천환환보법과 현천마강살을 파훼한 엽자건이 펼친 대력금강장의 어처구니없는 위력에 놀란 까닭이다.

강력함 때문에?

오히려 그 반대다.

엽자건의 대력금강장은 정확하게 그녀의 명문혈을 가격했다. 현천마강살에 철통같은 보호를 받고 있었다 하나 평상시 같으면 중상을 면치 못할 일격을 당한 셈이다.

그런데 지금 그녀는 멀쩡했다. 중상은커녕 변변한 내상조차 입지 않았다.

'설마 저 괴인 녀석이 날 봐준 것인가? 하지만 어째서 그런 짓을……'

빠르게 내력을 운기해 내상의 여부를 확인하며 염두를 굴리던 능여옥이 문득 안색을 굳혔다. 강적을 눈앞에 두고 있는 상황임에도 시선이 슬쩍 다른 방향을 향한다. 갑자기 꽤나 민망한 광경을 목도한 까닭이다.

"옷을 걸쳐라!"

'옷?'

엽자건은 잠시 눈매를 가늘게 만들다 곧 깨달았다. 독중독인에서 벗어나며 암운이 거의 걷혀 버렸다는 것을.

토옥!

그의 발끝이 부근에 늘어져 있던 라마의 홍포를 걷어 올렸다. 더 이상 나신 상태를 유지할 순 없다는 판단이었다. 상대가 여자인 점을 감안치 않더라도 말이다.

그렇게 그가 대충 옷을 걸쳐 입었을 때다.

그때까지도 시선을 옆으로 돌려 외면하고 있던 능여옥이 서늘한 시선을 던져 왔다.

내공이 충만한 눈빛.

당장 다시 공격해 들어오지 않는 게 이상할 정도의 호전적인 살기가 밀려든다. 과연 새외칠마의 일좌란 자리에 올랐던 현천마녀다운 모습이다.

그러나 엽자건은 그사이 다시 세수경과 역근경을 조절해 크게 약화된 저주독과 암혈독을 제압한 상태였다. 아니다. 실제론 제압이 아니라 융화였다. 독중독인이 되었던 경험을 토대로 양대지독을 세수경에 의해 하나가 된 팔종진기와 하나가 되게 만든 것이다.

절대지경에 오른 자의 깨달음과 약간의 행운!

거기에 더해 세수경의 무한에 가까운 공능이 없다면 결코 이룰 수 없는 일이었다. 천하의 모든 독문이 경악성을 터뜨릴 만한 대성공이었다.

덕분에 급격히 자취를 감춘 암운.

반박귀진(返璞歸眞)이라 할 수 있는 깊은 눈빛으로 능여옥을 마주한 엽자건이 입가에 미미한 미소를 매달았다.

"날 알아보시겠소?"

"너 같은 괴승을 어찌 내가 알겠느냐?"

"괴승?"

엽자건이 반문과 함께 자신의 머리를 슬슬 손으로 문질렀다. 독기에 모발이 몽땅 타버렸음을 뒤늦게 인지한 것이다.

'쳇! 그런데다 곁에 걸친 건 라마들의 홍포니까 땡중 취급을 당해도 어쩔 수 없는 건가?

내심 투덜거리긴 했으나 그다지 저항감은 없다.

본래가 소림사의 제자다. 속가라곤 하나 중이 되는 것에 대한 위화감은 존재하지 않았다.

"내 사부님은 파천마곤 보종 대사님이시오. 나는 전날 소주에서 당신들 칠마에게 납치당한 적이 있고."

"네가 파군성 엽자건이란 말이냐?"

"그렇소."

엽자건이 대답과 함께 독중독인이 된 상태에서도 멀쩡한 상태인 삼절마곤을 꺼내 들었다. 강철보다 단단하다더니 역시 자단목이 좋긴 하다.

슉!

반면 능여옥은 표정이 살짝 변했다. 여태까지 칼로 저며내는 듯한 살기를 발산하고 있었다면, 지금은 호기심과 뭔가를 살피는 기색이 완연하다.

흡사 물건을 품평하는 듯하다고나 할까?

잠시뿐이었다.

그녀는 곧 얼굴에 서리와 같은 냉기를 담은 채 말했다.

"소문은 들었다만 정말 대담한 놈이구나! 설마 혼자서 포달랍궁의 본진을 몰살시킬 수 있을 거라 생각한 것이더냐?"

"주 전력의 대부분이 빠져나간 본진을 터는 건 그리 어려울 것도 없을 듯하오만?"

"거기까지 예측하고 왔다니 놀랍구나! 하지만 네가 해치운 전력은 이곳에 남은 전력의 절반도 되지 않는다는 것도 알고 있는 것이냐?"

엽자건이 어깨를 으쓱해 보였다.

"사방팔방으로 퍼져서 날 수색하고 있는 자들을 말하는 거요? 그들이 몰려오기 전에 나는 이곳에 온 목적을 충분히 달성할 자신이 있소."

"너는 역시……."

"제자를 내놓으시오! 그러면 전날의 원한은 잊어드리겠소. 다른 칠마와 달리 말이오."

"…감히!"

발끈한 능여옥이 다시 예의 살기를 일으킨 것과 동시였다.

스슥!

순간적으로 부동무상과 부풍무영을 혼합시킨 금강부동보를 펼친 엽자건이 능여옥에게 다가들었다.

간격을 좁혔다. 그리고 그녀의 몸 주변을 철통같이 감싸고 있던 현천마강살을 깨뜨리고, 현천환환보법을 전개하기 전에 마혈을 찍어버렸다.

파팍!

그 뒤 그는 뒤도 돌아보지 않고 그녀 주변을 떠나갔다.

"이, 이런 말도 안 되는!"

능여옥의 얼굴은 일그러져 있었다. 도대체 어떻게 이런 일이 벌어질 수 있는지 모르겠다. 아예 짐작조차 할 수 없다는 표정이 얼굴에 드러나 있었다.

그럴 수밖에 없다.

그녀가 확인한 엽자건의 강점은 독공이었다.

상상을 초월할 정도의 독공을 이용해 포달랍궁의 본진을 수비하던 북혈청랑대 오백 명과 십대라마를 몰살시켰다. 대법대불왕과 비교해도 결코 못하지 않은 위세를 보인 것이다.

거기까지였다.

그 뒤 그의 독공은 완전히 깨졌다. 무너졌다. 내상 역시 어느 정도는 당했음이 분명했다. 세심하게 전황을 살피던 능여옥이 내린 평가론 분명 그러했다.

당연히 그녀는 엽자건의 무위를 높게 봐야 자신의 동수 정도로 파악하고 있었다. 어떤 식으로든 이렇게 순식간에 자신을 압도할 순 없다고 여겼다. 방금 전까지는.

그때 기가 막힌 표정이 된 능여옥의 귓전으로 심혼을 뒤흔드는 목소리가 들려왔다. 그녀를 떠나 빠르게 주변을 내달리고 있던 엽자건이 내지른 사자후였다.

"요진, 숨어 있는 곳에서 얼른 나와라! 자건이 왔다! 나 자건이 왔다구!"

"……"

능여옥의 안색이 미묘한 변화를 보였다. 엽자건의 사자후에 담긴 갈망을 느낄 수 있었기 때문이다.

'정녕 요진을 위해 사선을 넘어온 것인가……'

능여옥과 감요진.

사제지간이기 이전에 모녀지간이다. 아주 오랫동안 그 같은 관계를 부정해 왔으나 근래 마음이 조금 바뀌었다. 대법대불왕의 환몽사안에 제압당한 후 백치가 되어버린 감요진을 돌보는 동안 잠들어 있던 모성 본능이 깨어났다.

그래서 그녀는 본진이 독중독인이 된 엽자건에게 몰살당하는 상황을 외면할 수 없었다. 대법대불왕만이 감요진의 백치 상태를 회복시킬 수 있다 여긴 까닭이다.

그런데 잘못 생각했던 것 같다.

엽자건의 갈망이 담긴 사자후가 바로 감요진을 향하고 있음은 쉽사리 알 수 있는 일이었다. 그녀를 만나기 위해 사선이나 다름없는 포달랍궁의 본진에 달려온 것이다. 단 하나의 사랑을 위해서 말이다.

'하지만 요진은 백치 상태다. 저리 부른다 해서 내가 숨겨 놓은 장소에서 빠져나올 리는…… 아아!'

내심 고개를 가로젓던 능여옥의 눈이 동그래졌다.

마혈이 점혈당했다고 초절정의 무위가 사라지는 건 아니다.

그녀의 예민한 기감은 분명히 확인할 수 있었다. 감요진이 자신이 숨겨뒀던 장소에서 부스럭거리며 모습을 드러낸 것을. 여태까지 밥조차 제 스스로 먹지 못하던 딸이 엽자건의 부름에 더듬거리며 대답하기 시작한 것을.

슥!
한줄기 바람처럼 자신이 만들어놓은 피의 대지를 휘젓고 다니던 엽자건이 걸음을 멈췄다.

그에게서 얼마 떨어지지 않은 풀숲 앞.

미칠 듯한 감정이 담긴 사자후에 답하듯 감요진이 엉금엉금 기어나오고 있었다. 숭악사탑 앞에서 재회했던 그날처럼 하얗고 순결한 얼굴을 하고서, 오로지 그만을 향해 무릎걸음을 하고 있는 것이다.

"요진!"

"자, 자거언⋯⋯."

엽자건의 부름에 무릎걸음을 멈춘 감요진이 고개를 빠끔히 들어 올렸다.

여전히 텅 비어 있는 눈빛.

그러나 엽자건과 헤어진 후 처음으로 그녀의 입가에는 하얀 미소가 매달려 있었다. 마치 아주 오랜 세월을 돌아서 결국 찾아온 것에 대한 상을 주려는 것 같다.

'환몽사안⋯⋯.'

반면 감요진에게 다가가 그녀를 안아 든 엽자건의 시선은 가벼운 흔들림을 보였다.

마음 한편이 무너져 내리는 느낌.

더불어 심부 깊숙한 곳으로부터 참기 힘든 분노가 치솟아 오른다. 어째서 감요진이 자신의 곁을 떠났고, 어째서 돌아오지 않았는지 이제야 알 수 있을 것 같았기 때문이다.

그런 엽자건의 내심을 아는지 모르는지 감요진은 아이처럼 천진했다. 엽자건의 가슴팍에 얼굴을 묻은 채 계속 해맑은 옹알거림을 흘려냈다.

바라는 건 없다. 그냥 그를 만난 것만으로 충분히 만족했다. 더 이상 바랄 것이 없다는 듯 그냥 품속에 얼굴을 문질러 댔다. 기쁨을 몸 전체로 발산해 댔다.

─결자해지(結者解之)!

매듭은 본래 묶었던 자가 풀어야만 한다. 분명 그랬다. 하지만 지금 이 순간 엽자건은 스스로에게 했던 약속을 아무래도 지키기가 쉽지 않을 것 같다는 생각이 들었다.

백치가 된 감요진을 본 순간, 첫사랑의 감정이 다시 뭉클 떠올라 버렸다. 도저히 어찌할 수 없는 감정의 파고 속에 떠밀려지고 말았다.

운이 없달까?

하필이면 그때 저 멀리서 북혈청랑대가 모습을 드러냈다.

밤새 천라지망을 펼친 채 엽자건을 쫓던 자들이 뒤늦게 본진으로 복귀한 것이다.

'다 죽여 버릴 테다!'

감요진을 품에 안은 채 엽자건이 내심 차갑게 중얼거렸다. 심부를 불태우고 있는 분노가 어느새 전장에서처럼 머리를 지극히 맑게 만들고 있었다. 언제나처럼 말이다.

*   *   *

"…그렇게 놈은 악마가 되었습니다. 소름 끼치는 속도로 하늘에서 떨어져 내려 압도적인 무위로 북혈청랑대를 몰살시켰습니다. 앞서 본진에 남아 있던 병력을 쓸어버렸던 것보다 훨씬 잔혹하게 말입니다. 우웩! 우웨엑!"

힘겹게 보고를 끝마친 막사여가 연달아 검은 핏덩이를 뿜어내며 고개를 떨어뜨렸다. 대법대불왕이 주입시켰던 내기가 소멸하며 내상과 독상이 동시에 발동한 까닭이다.

슥!

그 순간 대법대불왕이 막사여에게서 천천히 한 걸음 물러섰다. 그의 몸이 녹아내리며 사방으로 튀기 시작한 분비물을 피하기 위함이었다.

'파군성 엽자건. 소림사의 제자인 녀석이 이만큼 수준 높은 독공까지 익히고 있었다니 놀랍구나!'

무심함만을 담고 있던 금안의 일렁거림.

순간 내심의 중얼거림과 함께 대법대불왕의 신형이 공중으로 솟구쳐 올랐다. 막사여가 털어놓은 얘기의 대부분을 전해준 여인을 만나기 위해서였다.

잠시 후.

막사여의 말이 무색할 만큼 처참한 모습이 된 포달랍궁의 본진에 도착한 대법대불왕의 금안이 가벼운 번뜩임을 보였다.

마음의 동요?

어차피 속세인이 아니다. 생사에 별다른 뜻을 두지 않는 그에게 있어 수하들의 죽음이 몇이든 그다지 큰 의미가 되진 않는다.

그는 무수한 주검들 속에서 한 명의 생기를 찾아냈다.

능여옥.

그의 평생 중 아주 작은 부분을 차지하고 있는 여인이다. 또한 그 작은 부분은 꽤나 중요하기도 했다.

'저기군.'

대법대불왕이 능여옥이 있는 장소를 발견하곤 얼른 그곳으로 향했다. 그녀의 목숨이 조금이라도 남아 있다면 괜찮다. 어떻게든 살려낼 자신이 있었다.

그런데 막 그가 목전에 이르렀을 때다.

울컥!

평온한 표정으로 대법대불왕을 맞은 능여옥이 왈칵 피를 토해냈다.

막사여와 같은 독혈이 아니다.

그녀는 대법대불왕의 도착을 확인한 후 스스로 심맥을 끊은 것이다.

"어째서냐?"

질문에 처연한 답이 돌아온다.

"어째서 그날 천한 소첩을 구하신 겁니까? 소첩은 이날까지 줄곧 오해를 하고 있었습니다."

"오해가 아니다. 너는 그날 생사지간을 헤매던 널 안은 게 본왕이 아니라 곤왕 유대유라 믿고 싶었을 뿐이니라."

"알고 계셨습니까?"

"네 곤왕을 향한 증오, 요진에 대한 미움. 단순할 리가 있었겠느냐? 그러니 궁금하다. 어째서냐?"

"그건……."

능여옥이 무어라 말을 이으려다 내심 고개를 가로저었다. 문득 감요진과 함께 떠난 엽자건이 한 말로 깨진 자신의 미몽이 우습게 느껴진 까닭이었다.

'…그분, 동자공을 연마하고 계셨다 했던가? 정말 우습구나! 천한 계집이 사랑에 눈이 멀어 홀로 증오를 키웠으니 어찌 이리 어처구니없는 일이 있을까?

풀썩!

허망한 표정과 함께 능여옥이 고개를 밑으로 떨어뜨렸다. 끝내 대법대불왕의 질문에 대한 답을 주지 않고서였다. 자신의 오해와 미망을 짐작하고서도 여태까지 짐짓 모른 체하고 있던 그에 대한 작은 반항이었다.

第百三章

맹약혈루(盟約血淚)

少林
棍王

소림곤왕

"옴마니 반메훔!"

대법대불왕의 입에서 드물게도 진언이 흘러나오고 있었
다. 그가 포달랍궁의 주인이 된 후 처음 있는 일, 그리고 앞으
로는 결코 있을 수 없는 일일 터였다.

그때 그런 그의 배후로 문득 기묘한 그림자 하나가 모습을
드러냈다.

아니다.

그림자는 하나가 아니었다. 둘이었다.

"끼엑!"

등장과 함께 죽는다고 비명을 터뜨린 건 기묘하게도 황금

빛을 띤 두더지였다. 본래 영물이나 평생에 드문 애상에 빠져 있던 대법대불왕이 발출한 무형지기를 피할 길은 없었다. 아주 혼쭐이 나버렸다.

역시 비슷한 꼴을 당하고 바닥에 널브러진 목령사귀가 힘겨운 목소리로 말했다.

"북혈단주님의 명을 받아 온 자입니다."

'북혈단주?'

대법대불왕의 금안에 이채가 어렸다. 북혈단주라면 그조차 아직 실체를 파악치 못한 자였기 때문이다.

스파팟!

일순 무형지기의 압력이 줄어들자 목령사귀가 얼른 뒤로 신형을 물렸다. 어느새 그의 품속에는 방금 전까지 죽는다고 소리를 질러대던 황금 두더지가 쏘옥 파고들어 와 있다. 느닷없이 당한 횡액(橫厄)에 놀라 주인에게 도망쳐 온 것이다.

대법대불왕이 무심한 시선을 그에게 던졌다.

"쌍뇌존자 막사여와 북혈청랑대가 몰살당한 걸 알고 있느냐?"

"방금 전에 알았습니다. 그래서 직접 모습을 드러낸 것이고요."

"그렇군."

미미하게 고개를 끄덕여 보인 대법대불왕이 손을 휘저어 보였다. 계속 말하란 뜻이다.

목령사귀가 그리했다.

"북혈단주님께서는 현재 북혈단의 최정예와 함께 중경으로 향하고 계십니다."

"본왕과 함께 신무림맹을 치기 위해서는 아닐 테고. 강북무림을 북혈단 혼자서 쓸어버리지 못하겠다는 판단을 내린 것이겠군?"

"그렇습니다. 그리고 한 가지 더!"

"한 가지 더?"

"잔혹마군 냉고성에 대해 얼마만큼 믿고 계시는지 물으셨습니다."

'확실히 문제가 되긴 하겠군…….'

냉고성의 절대적인 충성심의 근원, 다름 아닌 감요진이었다. 그녀가 있기에 안심하고 별동대를 운용케 했고, 신무림맹에 대한 파멸의 작전 선봉장을 맡겼다.

그런데 이젠 사정이 달라졌다. 믿을 수 없는 무위를 보인 엽자건에게 본진이 털리고 감요진을 빼앗긴 까닭이다.

잠시의 생각 끝에 대법대불왕이 말했다.

"북혈단주의 신통력이 과연 대단하군. 필시 본왕에게 따로 전하라 한 말이 있을 테지?"

목령사귀가 바로 답했다.

"단주님께서는 법왕께서 냉고성을 넘겨주시길 바라십니다."

"넘겨주면?"

"신무림맹을 붕괴시키는 데 그자를 요긴하게 사용하겠다고 하셨습니다."

"그 뒤엔 본왕과 함께 강북무림을 제패하는 것일 테고 말이지?"

"거기까진 제가 답할 영역은 아닌 것 같습니다."

"하하!"

대법대불왕이 나직한 웃음과 함께 목령사귀로부터 시선을 떼어냈다. 그가 평범한 인간이 아닌 사술로 만들어진 마물임을 알기에 환몽사안을 사용치 않은 것이다.

'역시 북혈단주란 자는 만만치 않다는 뜻일 테지! 곤왕에 비할 바는 아니겠지만.'

곤왕 유대유를 떠올린 순간 강렬한 투기가 일어난다. 꽤나 오랫동안 가슴속 깊숙한 곳에 잠들어 있던 마음 하나. 바로 질투심이 불쑥 고개를 치켜 올린 까닭이다.

"북혈단주에게 중경에서 보자고 전하게."

"예."

목령사귀가 정중하게 허리를 접어 보이곤 신형을 돌려세웠다. 마천에서도 손꼽히는 강자인 그이나 대법대불왕의 무형지기를 더 이상 견뎌내긴 어려웠다. 벌써 몸 이곳저곳에서 붕괴의 기미를 보이고 있었다.

"곤왕 유대유, 중원을 정벌하는 길목에서 반드시 만나게 될 테지. 엽자건이란 애송이와 마찬가지로……."

짤막한 중얼거림과 함께 대법대불왕의 금안이 소름 끼치는 기운을 뿜어냈다. 일평생 유일하게 마음에 품었던 여인을 잃어버린 고통을 살기로 승화시킨 것이었다.

하루 뒤.

엽자건에게 본진이 몰살당했음에도 여전히 막강한 위세를 자랑하는 포달랍궁의 정예가 구룡을 떠났다.

이미 대치하고 있던 신무림맹의 삼 개 무력 집단을 전멸시킨 상황!

수천에 이르는 포달랍궁의 정예와 대법대불왕의 앞을 가로막아 설 문파는 이미 사천에 남아 있지 않았다. 호호탕탕한 진격 앞에 무수히 많은 문파들이 봉문을 선언하거나 침묵으로써 굴종했다.

살아남기 위해서다.

항상 외세의 방벽이 되어왔던 자존심 드높은 사천 무림 역사상 최악의 상황이 도래하고 말았다.

＊　　　　＊　　　　＊

감요진과 함께 구룡을 떠난 지 며칠이나 되었을까?

백치나 다름없어진 첫사랑을 마차에 태운 엽자건의 신색

은 조금 변해 있었다.

당연하다.

구룡에서 포달람궁의 본진을 몰살시킬 때 그는 독중독인이 된 상태였다. 의복과 모발 모두를 절대지독에 잃어버린 채꽤나 위험한 폭주의 줄타기를 해야만 했다.

덕분에 감요진을 구출한 직후의 그의 꼴은 말이 아니었다.

그야말로 넝마주이나 다름없게 변해 있었다. 예전의 미장부와는 완전히 거리가 먼 꼴이 되어버린 것이다.

희한한 점은 그런 엽자건을 백치가 된 감요진이 한눈에 알아봤다는 점이다. 그녀는 마치 세상에 오로지 엽자건만이 존재하는 것처럼 굴었다. 재회 후 찰싹 달라붙은 채 절대 떨어지지 않으려 했다.

어쩔 수 없이 엽자건은 민가에 숨어들어 옷을 훔치고, 마방에서 마차를 강탈할 때도 감요진과 함께해야만 했다. 어떤 수단과 방법을 강구하더라도 그녀를 떼어낼 수 없었기 때문이다.

지금 역시 마찬가지다.

앞에 앉아 열심히 말을 몰고 있는 엽자건의 등판에 감요진의 두 눈은 달라붙은 채 떨어지지 않고 있었다. 졸음이 잔뜩깃든 눈을 연신 소매로 비벼대면서 말이다.

'그냥 잠을 자면 될 것을……'

엽자건은 말을 몰면서 가볍게 눈살을 찌푸려 보였다.

백치가 된 감요진이 귀찮아서가 아니다.

그녀의 집착과 불안감의 근원이 바로 자신에게 있음을 능히 짐작하고 있었기 때문이다.

그때 그의 몸속에서 한줄기 내기가 가벼운 진동을 일으켰다.

간질!

평범한 진기의 유동이 아니다. 순식간에 엽자건의 몸 주변을 떠나 무한한 확장을 보이기 시작한 기감이 전달해 준 일종의 정보 공유였다.

'과연 환월이군. 중간에 별다른 흔적을 남기지 않았는데도 내 행방을 이리 쉽게 찾아내다니 말야.'

인자에게 천리추종술은 기본이다.

하물며 특급이라 할 수 있는 환월이기에 엽자건은 특별히 합류 지점을 정하지 않았다. 어차피 구룡을 떠난 후 최종 목적지가 중경의 신무림맹이 될 것임은 아주 쉽사리 짐작할 수 있는 일이었기 때문이다.

과연 잠깐의 시간이 흐른 후 마차의 지붕 위로 가벼운 진동이 느껴져 왔다. 환월이 도착이었다.

[생존자는 얼마나 되지?]

[백 명이 조금 안 됩니다.]

[백 명이라…….]

전음으로 대화를 나누던 엽자건의 목소리에서 조금 힘이

빠졌다. 예상보다 적은 숫자다. 마음 한구석이 답답해져 오지 않을 수 없다.

잠시뿐이었다.

곧 평상시의 표정을 회복한 엽자건이 말을 이었다.

[두 분 어르신께서는 어찌 되셨지?]

[저희의 퇴각을 돕기 위해서 대법대불왕을 함께 막으셨습니다. 그래서……]

[됐다!]

엽자건이 환월의 보고를 자르며 주먹을 꽈악 쥐어 보였다. 심중의 고통과 함께 대법대불왕에 대한 호승심이 불꽃처럼 치솟아올랐다. 설마 곤왕 유대유를 제외하고 철담협개와 남궁황을 동시에 죽일 수 있는 자가 있으리라곤 생각지 못했기 때문이다.

아니다. 그렇지 않았다.

포달랍궁의 본진을 털러가며 그는 이 같은 일이 일어날 수도 있다고 생각했었다. 그랬기에 한 치의 망설임도 없이 빈집털이에 들어갔다.

'새외제일인이라고 했던가? 과연 대단하구나! 하지만 대법대불왕, 너는 내 손에 죽을 것이다! 이건 확실히 약속하마!'

내심 결의에 찬 맹세를 한 엽자건이 잠시 침묵에 빠져 있을 때다. 아직 그에게 할 보고가 잔뜩 남아 있던 환월이 조심스레 말을 이었다.

[주인, 몇 가지 더 보고할 것이 있습니다.]

엽자건이 상념에서 벗어났다.

[해.]

[생존자들 중에는 천살마도 이염 선배가 포함되어 있는데, 현재 의식 불명 상태입니다. 다른 생존자들과 함께 십 리 밖에서 이동 중이신데…….]

[내가 직접 가보지.]

엽자건이 대답과 함께 손을 뻗어 감요진의 가느다란 허리를 휘감고 곧바로 마차 위로 신형을 뽑아 올렸다.

스윽!

"……."

지붕 위에 몸을 찰싹 붙이고 있던 환월이 작은 입을 벌린 채 멍청한 표정이 되었다. 채 어떤 반응을 보이기도 전에 엽자건이 저 멀리 사라져 가고 있었기 때문이다.

'주인, 설마 십 리도 넘게 떨어진 곳에서 이동 중인 생존자들의 움직임을 간파해 낸 건가?

스스로 떠올리고도 어이없는 일.

말도 안 되는 일이다.

하지만 환월은 곧 독중독인으로 변화했던 당시의 엽자건을 떠올렸다. 당시의 압도적인 패도를 떠올리자 머릿속에서 빠르게 불신감이 자취를 감춰 버렸다.

'그리고 보면 주인은 어느새 암혈독과 저주독을 해소시킨 것 같다. 독중독인의 상태에서도 벗어났고 말야. 그러니 현재 주인의 무공이 어떤 경지에 올랐든 놀랄 일은 아니다.'

빠르게 내심의 경악을 지운 환월이 역시 마차의 지붕을 박차고 공중으로 뛰어올랐다.

엽자건이 떠난 방향이 아니다.

사실은 순식간에 자취를 감춰서 그녀의 탐지 능력을 완전히 벗어나 버렸다.

그래도 그녀의 발걸음엔 머뭇거림이 없다. 그냥 엽자건을 만나기 위해 떠나왔던 곳으로 돌아가면 되었기 때문이다. 천살마도 이염과 십방걸개가 이끄는 개방 정예가 있는 곳으로 말이다.

스륵!

감요진과 함께 공중에서 떨어져 내린 엽자건의 느닷없는 등장에 십방걸개들이 바짝 긴장한 표정이 되었다.

왜 그렇지 않겠는가!

전날 그들은 경외하던 방주 철담협개와 승천검군 남궁황의 죽음, 그리고 함께하던 삼 개 무력 집단의 몰살을 경험했다. 며칠 만에 정신적인 충격에서 완전히 벗어났을 리 만무하다. 갑작스런 상황 변화에 극도의 경계심이 발동하는 건 당연하다.

파팟! 파파파팟!

십방걸개를 중심으로 순식간에 타구십방진(打狗十方陣)이 형성되었다. 백여 명의 거지가 일제히 진세를 형성한 채 엽자건을 에워싸 버렸다.

당장 살기 어린 합공에 나설 듯한 모습!

그러나 곧 진의 중심인 십방걸개의 수장 취풍개(醉風丐)가 엽자건을 알아봤다. 세상에 알려지지 않은 철담협개의 큰제자. 그가 눈에 붉은 기운을 담은 채 격정을 토해냈다.

"엽 무상! 진짜 살아 계셨구려!"

"취풍개 형님⋯⋯."

"사, 사부님께서 돌아가셨소이다! 못난 우리 거지 놈들을 구하기 위해 검존 선배님과 함께 목숨을 내던지셨소이다! 크흑! 크흐흐흐흑⋯⋯."

결국 울음을 터뜨린 취풍개에 맞춰 주변의 다른 십방걸개들이 연속적으로 통곡하기 시작했다. 갑작스런 상황 변화에도 엄격함을 잃지 않던 포진과 강렬한 살기가 단숨에 종적을 감춰 버렸다. 감쪽같이.

모두 엽자건 때문이다.

내심 죽었을 거라 생각했던 그의 무사 귀환 앞에서 끊어질 듯 팽팽하게 당겨져 있던 끈이 풀어졌다. 여태까지 가슴 깊숙한 곳에 억눌러 왔던 비분과 원통함, 서러움이 동시에 둑 터진 물처럼 터져 나오고 말았다.

엽자건이라고 다른 마음일 리 없다.

그는 취풍개를 비롯한 십방걸개들의 대성통곡을 목도하고
서야 철담협개의 죽음이 실감났다. 가슴속 깊은 곳으로 찌르
르한 통증이 전달되어져 왔다.

천하의 대협객!

그 이전에 엽자건에겐 사부 보종 이후 가장 많은 은혜를 받
았던 이다. 항상 입버릇처럼 자신의 손녀사위가 되라 하던 그
의 협골 넘치던 모습을 떠올린 순간 엽자건이 얼른 얼굴을 하
늘로 들어 올렸다.

'지금은 안 된다! 아직 싸움은 끝난 게 아니고 나는 더 많은
죽음과 맞닥뜨려야만 할 테니까. 그러니까……'

그때 엽자건의 품에 안겨 해맑게 미소 짓고 있던 감요진이
그의 얼굴을 향해 작고 부드러운 손을 뻗었다. 어느새 눈꼬리
를 타고 흘러내리고 있던 눈물을 닦아주기 위함이었다.

"자, 자건, 울지 마! 우, 울지 마요……"

'요진……'

감요진의 말이 엽자건의 냉정을 급속도로 회복시켰다. 내
심의 부르짖음과 달리 격정에 함몰될 뻔했던 이성을 감요진
이 되찾아준 것이다.

스윽!

천천히 눈물을 털어버린 엽자건이 여전이 통곡하고 있는
취풍개에게 서늘한 시선을 던졌다. 목소리 역시 이미 물기를
날려 버렸다.

"취풍개 형님, 눈물을 거두십시오. 철담협개 선배님과 동료들의 복수는 아직 시작도 하지 못했습니다."

"여, 엽 무상……."

"다른 형님들도 마찬가집니다! 이제부터 우리는 전속으로 중경을 향할 겁니다. 그러니 제 통솔을 따라주시기 바랍니다. 그리들 하시면 반드시……."

잠시 말끝을 흐렸던 엽자건이 곧 목소리를 높였다. 더욱 차갑게 가라앉은 눈빛과 함께.

"…반드시 제가 포달랍궁과 대법대불왕의 중원 침공을 막아낼 것입니다!"

취풍개가 버럭 소리 질렀다.

"엽 무상, 그것만으론 부족하네!"

"부족합니다!"

"부족합니다!"

다른 십방걸개 역시 마찬가지다. 그들은 일제히 목이 터져라 소리를 질러댔다. 엽자건에게 반드시 듣고 싶은 말이 있었기 때문이다.

엽자건이 그리했다.

"염려 마십시오. 대법대불왕은 반드시 제 손에 죽을 테니까요."

"취풍개, 지금부터 엽 무상에게 목숨을 바치겠소이다!"

"엽 무상에게 목숨을 바치겠소이다!"

"엽 무상에게 목숨을 바치겠소이다!"

그제야 통했다.

취풍개를 시작으로 십방걸개와 그들이 이끌던 개방도 일백이 연달아 충성 맹세와 함께 바닥에 부복했다. 엽자건에게 또다른 천룡영웅대가 생겨나는 순간이었다.

잠시 후,

엽자건은 소가 끄는 달구지에 눕혀져 있던 이염과 함께하고 있었다. 전날 대법대불왕에게 일격을 당한 그의 운공요상을 돕기 위함이었다.

그러나 엽자건의 치료는 일반적이지 않았다.

그는 한동안 이염을 지그시 바라보더니 눈을 감고서 침묵에 빠져들었다. 기식조차 엄엄한 이염의 몸속을 관조함으로써 상세를 파악하고서 치료에 들어가려는 의도.

아니다.

그 외에 한 가지 더 있었다.

엽자건은 관조 속에서 이염의 치료 방법뿐 아니라 그의 불순해진 기의 흐름을 파악하고자 했다. 단 한 번도 싸워보지 못한 대법대불왕의 무공 수위와 무리(武理)의 성향을 간접적으로나마 파악할 기회라 여긴 까닭이었다.

'과연 대단하구나! 전날 싸워본 적이 있는 쌍룡불인과는 비교조차 되지 않을 정도로 복잡하고 웅혼한 내공이야. 만약

내가 자금성에서 곤왕 선배를 만나지 못했다면 아예 맞서 싸울 엄두조차 내지 못했을지도 모르겠구나.'

찬탄은 짧았다.

그럴 수밖에 없다. 이미 자금성에서 곤왕 유대유와 가정제란 괴물들의 싸움을 목도한 바 있으니까.

당연히 그 뒤는 치료였다.

스파팟!

관조 속에서 빠져나온 엽자건이 한차례 손가락을 튕기자 곧 대기를 떨어 울리며 유동한 진기가 이염의 전신을 타혈했다. 가볍게 어루만지고 튕겨내며 안정시켰다.

그다음은 강력한 충격!

번쩍!

다시 손을 쓴 엽자건의 수장에서 한 가닥 상서로운 불광이 일어난 순간 이염의 전신이 벼락에 맞은 듯 부르르 떨렸다.

실제 그러했다.

그의 잠들어 있던 심령을 엽자건의 역근세수경이 혼합된 기운은 삽시간에 관통했다. 압도적인 충격으로 두들겨 패 진원지기를 활화산처럼 폭발시킨 것이다.

"커헉!"

이염이 비명과 함께 두 눈을 떴다.

핏발이 서 있는 두 눈, 그야말로 천살마도의 부활이다. 단숨에 천하의 모든 걸 혈세해 버릴 듯하다.

그러나 그 순간 다시 엽자건이 손을 썼다.

픽!

갑작스레 주화입마에 빠져 마인을 향해 달려가던 이염이 머리를 한 대 얻어맞고 바닥에 다시 뻗어버렸다. 어느새 살기 따위 흔적도 남지 않았다. 마치 단잠에 빠진 어린아이처럼 푸근한 표정이 되어버렸다.

드르렁!

결국 코까지 골기 시작한 이염을 향해 슬쩍 미소 지어 보인 엽자건이 취풍개에게 무심한 목소리로 명령했다.

"취풍개 형님, 바로 출발하도록 합시다."

"아, 예!"

취풍개가 얼굴 가득 감탄한 표정을 한 채 다른 십방걸개들에게 소리질러댔다. 그때까지도 풀지 않고 있던 타구십방진을 풀고 중경의 신무림맹을 목적지로 삼은 것이다.

슥!

뒤늦게 엽자건을 따라잡는 데 성공한 환월이 도착과 함께 눈을 빛냈다.

눈앞의 빠르면서도 질서정연한 움직임!

여태까지 그녀를 꽤나 애먹여 왔던 십방걸개와 개방도가 아닌 것 같다. 잠시 동안 눈을 비빌 수밖에 없었다.

하지만 그녀는 곧 수긍했다. 그럴 수밖에 없었다. 무리의 최선두에 있는 엽자건의 모습을 발견한 때문이다.

'역시 주인은 대단하다! 그 짧은 새에 이런 말도 안 되는 거지 무리를 정병처럼 통솔할 수 있게 되다니!'

감탄은 거기까지였다.

곧 그녀는 엽자건에게 신형을 날려갔다. 어느새 그녀를 발견한 그가 손가락을 까닥거린 것과 동시의 일이었다.

"주인, 늦었습니다. 명하실 일이라도 있으신가요?"

"곧 내 마차가 올 거야. 그때 인석 말야."

엽자건이 그때까지도 자신의 품속에 찰싹 달라붙어 있는 감요진을 환월에게 솜씨 좋게 넘겼다. 어떻게 그런 일이 가능할 수 있는지 의아로울 만큼 절묘한 동작이다.

"지금부터 네가 좀 맡아줘야겠어."

"으어어……."

다시 엽자건에게 돌아가기 위해 버둥대는 감요진을 환월이 역시 솜씨 좋게 제압한 후 천천히 고개를 끄덕여 보였다. 엽자건이 내린 명령을 정확하게 파악한 것이다.

"포달랍궁과의 전투 시 제 목숨을 바쳐서라도 주모(主母)를 지켜내겠습니다."

"너도 죽어선 곤란해."

"죽지 않도록 최선을 다하겠습니다."

"절대! 죽어선 안 돼. 이건 명령이다."

"…예."

환월이 복명과 함께 낯을 가볍게 붉혔다. 여전히 감요진이 품속에서 버둥거리고 있었으나 전혀 힘들지 않았다. 엽자건의 한마디가 준 초인적인 힘이었다.

* * *

중경.

신무림맹의 봉황전 지하 비밀 방.

당소교와 함께 꽤나 오랫동안 독대를 하고 있던 문상 모용초연의 눈에 모호한 기운이 어렸다. 그녀의 예상과 사뭇 다른 심문 결과에 살짝 당황한 것이다.

'내 봉황심안공은 이미 구성의 경지에 이르렀다. 비록 대법대불왕이 일대종사이긴 하나 이렇게 완벽할 정도로 정신 제어를 할 수 있으리라곤 믿기지 않거늘……'

고소 모용씨의 봉황심안공!

어떤 유의 이혼대법이나 정신계 무공, 술법, 마법, 사술이라도 깨뜨릴 수 있는 절대의 심법이다. 정파 내에선 그 이상이 없다고 해도 무방할 정도였다.

당연히 눈앞에 있는 당소교가 대법대불왕의 사술에 정신 제어를 당했다고 여겼던 모용초연의 낭패감은 컸다. 완벽하게 세워놨던 가정이 무너졌기 때문이다.

그럼 이제는 어찌해야 할까?

모용초연은 태연하게 자신의 봉황심안공을 받아낸 당소교를 잠시 바라보다 입가에 담담한 미소를 매달았다.

"당 소저, 고생 많으셨습니다. 이만 처소로 돌아가셔도 됩니다."

"말씀을 낮추세요. 숙모님이 되실 분이신데요."

"아직 혼례를 올린 처지가 아니니 호칭의 조정은 잠시 후일로 미루도록 하지요."

"하긴 이곳은 무림맹이고 문상이란 높은 지위에 계시니까 사적인 관계를 내세우시긴 어렵겠군요."

당소교가 미미하게 고개를 끄덕여 보이며 슬쩍 면사 안쪽에 난 볼의 상처를 드러냈다. 당가에서와 마찬가지로 자신의 망가진 얼굴을 무기 삼으려 한 것이다.

상대를 잘못 골랐다.

모용초연은 같은 여자임에도 당소교의 망가진 얼굴에 별다른 관심을 보이지 않았다. 애초 그녀의 조사를 맡기 전에 모든 정보를 수집해 놓은 상태이기도 했고.

살랑!

손에 들린 푸들 부채를 흔들어 당소교의 면사를 바로 만들어준 모용초연이 신형을 돌려 세웠다.

예상이 빗나갔다. 지금부터 휘하의 모사들을 끌어모아 새롭게 판세의 흐름을 파악해야 할 터였다.

피식!

점차 멀어져 가는 모용초연을 향해 당소교가 야릇한 미소를 지어 보였다.

동류라고나 할까?

당소교는 한눈에 모용초연을 알아볼 수 있었다. 자신이란 존재에 전혀 관심이 없는 것과 함께 말이다.

'차라리 잘되었다. 날 이렇게 대한다면 조모님 때처럼 마음 아플 일은 없을 테니까.'

조모 암화 당모란의 마지막 모습은 처참했다. 아예 마음 자체가 없어졌다고 여겼던 당소교조차 차마 바라보지 못하고 고개를 옆으로 돌려 버렸을 정도로.

당연히 당소교는 신무림맹에서도 같은 일을 경험하고 싶진 않았다. 마음의 부담 같은 건 없었으면 한다. 그냥 담담하게 지옥을 향해 걸어 들어가고자 했다.

'물론 그때 나는 혼자는 아닐 것이야. 그러기 위해 지옥을 향해 걷고 있는 거니까. 응?'

내심 독기 어린 눈을 빛내고 있던 당소교의 시선이 가볍게 떨렸다. 마치 모용초연이 자리를 피하길 기다렸다는 듯 방 안으로 뛰어들어 온 당준 때문이었다.

"소교야!"

"숙부님……."

"소교야! 소교야!"

쏜살같이 달려들어 와 당소교의 면사로 가려진 얼굴을 확인한 당준의 입에서 흐느낌에 가까운 울부짖음이 터져 나왔다. 천하의 십수살이 나이 어린 조카를 앞에 두고 어린애처럼 울음을 터뜨리고 만 것이다.

"…수, 숙부님, 저는 괜찮습니다."

"미안하다. 네 앞에서 이런 추한 꼴을 보이는 게 아닌데……."

"……."

당준이 얼른 소매로 눈물을 훔치자 당소교가 다소 복잡한 시선이 되었다.

이런 모습, 마음에 들지 않는다.

자신의 감정을 뒤흔들어 놓는 관심과 걱정이 싫었다.

"숙부님, 제가 좀 피곤하군요."

"아! 그래, 피곤하기도 할 테지. 내가 처소까지 안내해 주도록 하마."

"괜찮습니다. 그보단 모용 문상께서 아직 이곳 봉황전에 있는 것 같더군요. 찾아가서 얼굴이라도 한번 보세요."

"모용 문상의 얼굴을 보라고?"

"예, 아직도 숙부님의 마음을 확실히 얻지 못한 것을 걱정하는 것 같더군요."

"그, 그러냐?"

"……."

당소교가 대답 대신 고개만 한차례 까닥거려 보이곤 서둘러 방을 빠져나갔다. 순진하기까지 한 당준의 얼굴을 더 이상 지켜보고 있을 수 없었기 때문이다.

잠시 후,
자신의 처소로 정해진 화월각(花月閣)을 향해 걷고 있던 당소교의 눈매가 가늘어졌다.

자박거리던 걸음 역시 마찬가지다.

달빛 교교히 떨어져 내리는 신무림맹의 한가운데에서 그녀는 한 폭의 백의 미녀도와 맞닥뜨렸다.

익히 아는 얼굴, 절세적인 자태다.

절대 다시는 목도하고 싶지 않았던 백의검후 남궁수가 그녀의 앞을 가로막고 서 있었다. 마치 그녀가 오기만을 기다리고 있었던 것처럼 말이다.

결코 우연이 아니다.

바보라도 알 수 있을 만한 상황이었다.

'아니, 그보단 남궁수 저년은 분명 천룡영웅대와 함께하고 있다고 들었다. 백온 대가가 속해 있는 천룡영웅대에…….'

잘못 생각했다. 남궁수는 절대 첫 번째로 만나기 싫은 사람이 아니었다. 두 번째밖엔 되지 못했다.

대로검자 유백온!

한때 미칠 정도로 사랑했던 그가 바로 첫 번째 자리에 어울리는 사람이었다. 여태까지 고의적으로 외면하고 있던 가장 만나기 싫고 절대 만나선 안 되는 사람이었다. 분명 그랬다.

그때 얼어붙어 버린 얼굴이 된 당소교에게 남궁수가 천천히 다가들었다. 절세적인 미모 때문에 미처 알아보지 못했던 압도적인 기태!

"교 소매, 오랜만이야."

"어째서……."

"뭐?"

"어째서 네가 여기 있는 거야!"

"……."

발작적으로 소리를 지른 당소교가 번개같이 소매를 휘저어 보였다.

당가 비전의 십독십암!

그중에서도 악랄하기로 유명한 환환기변(幻煥奇變)이 눈부신 광휘와 함께 남궁수의 전신을 덮어갔다. 한번 불이 붙으면 어떤 상황에서도 결코 꺼지지 않는 지옥의 염화를 한꺼번에 수백 개씩이나 쏟아낸 것이다.

그러나 남궁수는 태연했다. 안색 하나 변함이 없었다. 한 차례 신형을 흔들더니 자신을 향해 덮쳐들던 수백 개나 되는 귀화를 향해 애검 청류하를 휘둘러갔다.

번쩍!

소름 끼칠 만큼 빠른 발검.

그와 함께 일어난 섬세하면서도 강력한 검기가 일거에 환환기변의 귀화들을 잘라냈다. 변화의 핵을 양단함으로써 귀화의 변화 자체를 봉쇄하고 부숴 버렸다.

스슥!

그것만으로 끝일 리 없다.

어느새 남궁수는 당소교의 코앞에까지 이르러 있었다. 그녀가 다시 암기나 독을 사용하는 걸 사전에 막기 위함이었다. 더 이상의 싸움은 무의미하다 여긴 까닭이다.

파팟!

순식간이었다.

'이년, 못 본 새 더 강해졌다니!'

단숨에 양쪽 견정혈을 연달아 검기에 제압당한 당소교의 두 눈이 크게 찢어졌다. 입술 역시 앙다물렸다. 설마 이렇게까지 빨리 남궁수에게 제압당할 줄은 몰랐기 때문이다.

슥!

남궁수가 천천히 한 걸음 뒤로 물러서 말했다. 이미 신속의 검기를 쏟아냈던 청류하는 검갑 속으로 모습을 감췄다.

"교 소매, 한 식경 후에 혈도가 풀릴 거야. 오늘은 많이 흥분한 것 같으니 이만 물러가도록 할게."

"하, 한 가지만 묻자!"

"유 조장, 아니, 유백온 소협에 대해 궁금한 거야?"

"그, 그래. 그분이 이곳에 오신 거냐?"

"아직은 아냐. 유백온 소협은 아직 중경성 밖에 천룡영웅대와 함께 대기 중이야."

"어째서지?"

"그건……."

남궁수가 잠시 말끝을 흐렸다. 엽자건이 세운 작전 기밀을 함부로 말하긴 곤란했기 때문이다.

그러자 당소교의 눈매가 가늘어졌다.

'혹시 냉고성 그자의 계획이 들통난 건 건가? 그렇진 않은 것 같군!'

이미 격정은 가라앉았다.

얼른 남궁수의 곤혹스런 안색을 살핀 당소교가 입김을 뿜어서 면사를 흔들리게 만들었다. 망가진 얼굴을 다시 이용해 먹기 위해서였다.

살랑!

흔들리는 면사 사이로 보이는 망가진 얼굴. 남궁수의 입가에 가벼운 한숨을 만들어낸다.

"아, 교 소매……."

"별거 아냐. 백온 대가에 대해 말하기나 해. 어차피 이 꼴이 된 내가 그분을 다시 만날 일은 없을 테지만."

"…염려 마. 유백온 소협은 한동안 천룡영웅대와 함께 중경성에 입성하지 않을 거야, 천룡위주님의 별도 명령이 있기 전까진."

"천룡위주? 그도 신무림맹으로 돌아오는 거야?"

"그래."

남궁수가 선선히 고개를 끄덕여 보이자 당소교의 눈이 기묘한 광채를 발했다.

광기?

그보다는 이채에 가깝다. 여전히 남아 있던 마음속의 격정이 완전히 가라앉아 버린 까닭이다.

'이건 좋지 않다. 냉고성 그자도 중경성 외곽에서 틈을 보고 있는데, 자칫 천룡영웅대와 조우라도 하게 되면 문제가 커진다. 백온 대가는 절대 그를 이길 수 없으니까.'

냉고성과 유백온.

당소교를 지옥 속으로 빠뜨린 당사자들이다. 그중 어떤 이를 더 마음속에 품었는지는 짐작조차 되지 않는다. 지금부터 곰곰이 따져 봐야 할 터다.

단! 당소교는 두 사람이 조우하는 걸 결코 바라지 않았다. 특히 자신이 보는 앞에선 더욱 그러했다. 단지 생각하는 것만으로도 끔찍한 기분이 들었다.

'절대 그런 일은 없어야만 한다! 절대로!'

내심 격렬하게 부르짖은 당소교가 넋이 빠진 표정으로 남궁수를 떠나갔다. 처소를 향해 비틀거리며 걸었다. 마치 지금 할 수 있는 일은 단지 그것밖엔 없는 것처럼.

'교 소매……'

남궁수가 그런 당소교를 물끄러미 바라보다 천천히 고개

를 가로저었다. 문득 신무림맹으로 떠나기 전 당소교의 안부를 알아봐 줄 것을 신신당부하던 유백온이 떠오른 까닭이었다.

사라락!

그때 불어온 한줄기 바람, 남궁수의 귀밑머리를 한차례 가볍게 흩뜨려 놓곤 멀찍이 도망을 친다.

第百四章

비천편복(飛天蝙蝠)

少林
棍王
소림곤왕

밤하늘을 가득 메운 일천의 박쥐 떼,
신무림맹을 향해 날아오르다!

　달밤.
　교교하게 떨어져 내리고 있는 달빛 아래 석상처럼 서 있던
유백온이 문득 가볍게 검끝을 이동시켰다.
　사아악!
　검날은 부드럽게 대기를 가른다.
　전혀 빠르지 않고 변화 역시 완만하다. 흡사 물속을 스쳐
가는 것이나 다름없다.
　아니, 그보다 더하다.
　검을 든 자가 무당파 속가 제일의 후기지수라 불리는 유백
온이 아니라면 혀를 찰 만한 모습이다. 정말 그런 생각이 들

만큼 전혀 예리하지 못하고 힘 역시 느껴지지 않는다. 그런 검로(劍路)였고, 흐름이었다.

반면 유백온의 표정은 진지 그 자체!

그는 마치 평생의 대적을 만난 것처럼 검로를 펼쳐 보이고 있었다. 더할 나위 없이 느리고 둔하게 검을 움직이는 데 최선을 다하고 있는 것이다.

'원원도도! 극에 이른 느림으로 검로를 펼치고 다시 접으니 일변이 만변이고 만변이 또한 일변이 되리라!'

무의식중의 뇌까림.

다름 아닌 평생의 숙원이라 할 수 있는 무당검법의 극의, 태극혜검의 진수 중 하나이다. 또한 이는 유백온이 근래 무수히 많이 경험한 생사의 혈전 속에서 얻은 작은 깨달음과도 다름이 아니었다.

면면부절 움직이는 검기!

극에 이른 느림인 만검(晚劍) 속에서 끊임없이 유동하는 검의 부드러운 기운이 점차 대기를 휘감는다. 마치 하나의 검이 만개가 된 듯 유백온을 중심으로 끊임없이 확장되어 가고 있었다. 진짜로 무한이 그리 될 것처럼 말이다.

그리 쉽지는 않았다.

점차 심검지도 속에 자신을 동화시켜 가던 유백온의 검미가 문득 가벼운 떨림을 보였다. 갑자기 심중 깊숙한 곳으로 작은 파문 하나가 일어나 커다란 동그라미를 그리며 확장된 것과 동시에 벌어진 일이다.

"아!"

때마침 안타까운 탄성이 터져 나왔다.

유백온이 연무하던 곳으로부터 그리 멀지 않은 장소다.

'역시 아직 나로선 힘든 경지인 것인가?'

유백온이 흔들려 버린 심사처럼 이지러진 태극혜검의 검기를 거둬들이며 검끝을 바닥으로 떨어뜨렸다. 심검지도로의 이행 속에서 갑작스레 머릿속의 한편을 차지한 당소교의 환영을 끝내 떨쳐 버리지 못했음이다.

그때 한참 전에 도착했음에도 유백온의 연무를 방해하지 않기 위해 숨죽이고 있던 남궁수가 다가들었다.

항상 담담하던 그녀의 절세지용에 작은 안타까움이 떠돌고 있었다. 그만큼 방금 전 유백온이 놓쳐 버린 기회는 범상치 않은 것이었다.

"유 조장……."

"남궁 조장, 사려 깊은 배려, 감사하오."

"별말씀을. 안타까웠습니다."

"아직 연이 닿지 않은 걸 무리하게 욕심을 냈을 뿐이오."

'확실히!'

남궁수가 내심 고개를 끄덕여 보였다.

그녀와 유백온은 한때 강북제일의 후기지수 자리를 놓고 선의의 경쟁을 벌이던 사이다. 그의 무공 경지나 특성에 대해 누구보다 잘 알고 있었다.

게다가 그녀는 근래 유백온이 당소교 때문에 번민의 나날을 보내고 있음을 짐작한 지 오래였다. 마음이 크게 흔들린 터에 느닷없이 태극혜검을 심검지도의 경지로까지 승화시키려 했으니 무리가 따르지 않을 도리가 없을 터였다.

'그래도 유 조장의 재능은 놀랍다. 또한 그동안 천룡영웅대와 함께 전장을 헤매며 쌓은 실전이 그의 무공을 일취월장케 하고 있다.'

생사를 건 실전!

무인의 무공을 예리하게 갈고닦는 데 더할 나위가 없을 만큼 큰 효과로 작용한다.

특히 명문의 제자들이 그러하다.

많게는 천 년에서, 적게는 수백 년간 선대에 의해 갈고닦아진 절예절공은 거듭되는 실전을 통해 갈수록 빛을 발한다. 모난 곳이 없어지고 불필요한 부분은 생략되며 날카로움은 더욱 예리해지는 까닭이다.

당연히 유백온만 그런 혜택을 받았을 리 없다.

남궁수를 비롯한 천룡영웅대의 후기지수 대부분이 상당할 정도의 무공의 진보를 이뤘다. 개인차가 있긴 하나 상당수가 진짜 고수의 반열에 들게 된 것이다.

슥!

한 가닥 남아 있던 아쉬움을 얼굴에서 지워낸 유백온이 검을 거둬들인 후 진지한 표정이 되었다. 남궁수가 자신을 찾아온 이유가 꽤나 궁금했기 때문이다.

"남궁 조장, 교 소매 때문에 날 찾은 것이겠지요?"

"그렇긴 한데……."

"한데?"

그답지 않게 성급해지는 유백온의 재촉에 남궁수가 내심 고개를 가로저었다. 화술이 뛰어나지 않은 터라 어떻게 당소교에 대한 얘기를 꺼내야 할지 막막해져 왔다.

그러나 그녀는 본래 곧은 품성이었다. 며칠간의 고민 끝에 중경성을 빠져나온 만큼 유백온에게 거짓을 말하고 싶진 않았다.

"목 조장이 개방을 통해 알아온 정보대로 교 소매는 지금 신무림맹에 있어요. 근자에 당가가 기습을 당한 탓에 피난을 온 것 같더군요."

"그, 그녀는 무사하오?"

"무공은 오히려 더 나아졌더군요. 현재 건강도 특별히 이상한 곳은 없었고요. 하지만……."

"하지만?"

"…상처를 입었더군요, 깊은 상처를. 그러니 유 조장은 반드시 이번 대전이 끝난 후 그녀를 만나야만 해요. 제가 그동안 봐온 모습이 진실이었다면 말예요."

"……."

유백온이 몇 차례 입술을 달싹이려다 침묵했다. 남궁수의 정명한 눈빛 속에서 더 이상의 정보를 주지 않겠다는 강력한 의지를 읽어낸 까닭이다.

"이거 참, 말이 길어지네……."

절반쯤 썩어 있는 고목에 몸을 기댄 채 목진풍이 이맛살을 찌푸려 보였다.

대충 한 식경가량 되었을까?

유백온이 태극혜검 수련을 끝마치고 남궁수와 대화를 나누기 시작할 무렵부터 그는 줄곧 기회를 보고 있었다. 방금 전에 접수한 몇 가지 정보가 꽤나 심상치 않았기 때문이다.

그런 그의 배후로 이가흔이 다가들었다.

평상시와 달리 술기운이 전혀 엿보이지 않는 그녀의 두 눈에는 사뭇 긴장된 기운이 어려 있었다.

"목 사형, 여기서 뭐 하시는 거예요?"

목진풍이 뒤통수를 긁적이며 더듬거리며 말을 받았다.

"아니, 그게, 유 조장에게 선객이 있어서 말야……."

"선객?"

이가흔이 안력을 돋워서 유백온 앞에 있는 남궁수를 살피곤 확 이맛살을 찌푸려 보였다.

"저 기집애는 또 언제 돌아왔대요?"

"나도 모르지. 자기가 맡은 용자조보다 먼저 유 조장을 찾은 것 같으니까."

"결국 우리만 빼돌렸다는 거로군요?"

"그렇게 말할 것까지야……."

"됐구요! 지금은 꽤나 중요한 때예요. 계속 시간을 끌고 있
어선 곤란하지 않겠어요?"

"…그야 그렇지만."

"그렇지만은 무슨!"

다시 강하게 목진풍에게 윽박지른 이가흔이 발끝으로 지
축을 박차며 신형을 앞으로 날렸다. 유백온과 남궁수의 대화
를 일단 중단시키고 볼 요량이었다.

"사매! 사매!"

목진풍이 다급한 표정이 되어 역시 그녀의 뒤를 따랐음은
물론이다.

'설마 그사이 신무림맹에 이상이 생기기라도 했다는 건
가?'

'풍자조의 두 사람이 한꺼번에 달려오다니! 필시 중요한
일이 발생한 것이겠구나!'

남궁수와 유백온이 거의 동시에 눈을 빛냈다.

이미 대화가 잠시 중단된 터였다. 더 이상 당소교에게만 신
경을 쓰고 있을 순 없었다.

슥! 스슥!

그때 두 사람의 앞에 이가혼과 목진풍이 거의 동시에 도착했다. 마치 처음부터 그리하기로 약속이라도 했던 것 같다.

'쳇! 역시 목 사형의 무공이 일취월장했구나! 예전에는 취팔선보만큼은 내가 나았는데……'

눈을 가늘게 뜬 채 목진풍을 한차례 살핀 이가혼이 곧바로 남궁수에게 시선을 던졌다. 본래는 유백온에게 볼일이 있었으나 남궁수가 돌아온 이상 사정이 달라졌다. 천룡영웅대에서의 서열상 엽자건 부재 시 최종 결정자는 어디까지나 용자 조장인 남궁수인 까닭이었다.

"남궁 조장, 아무래도 신무림맹을 떠났던 삼 개 군단이 포달랍궁의 주력 부대에게 패배한 것 같아요."

"사매!"

목진풍이 지나칠 정도로 단도직입적인 이가혼의 말에 놀라 버럭 소리를 질렀다. 평상시라면 감히 상상도 못할 만한 일이나 이가혼은 그다지 개의치 않았다. 비상시국이란 판단을 일찌감치 내리고 있었기 때문이다.

"물론 이건 어디까지나 정황상에 근거한 제 예측일 뿐이에요. 얼마 전까지 포달랍궁 정예를 막는 전선이 구축되어져 있던 구룡 일대 개방도의 연락이 모조리 끊겨 버렸으니까요."

"그래도 이 부조장은 확신을 갖고 있는 거겠지요?"

"그래요. 거기엔 본 방의 방주님과 십방걸개를 비롯한 개방의 주력 역시 집결해 있었으니까요."

"그러니 포달랍궁에게 일방적인 일패도지를 당한 게 아니라면 절대 개방의 정보망 전체가 끊길 이유가 없었겠군요?"

"과연 남궁 조장하곤 말이 쉽게 통하네요. 제 바보 같은 목사형은 한참이나 '그런 일은 일어날 수 없다'는 말만 백 번쯤 반복했는데……."

이가흔이 유백온과 함께 조그맣게 얘기 중이던 목진풍을 향해 눈을 가볍게 흘겨 보았다.

움찔!

목진풍이 갈구는 눈빛에 놀라 어깨를 크게 움츠려 보였다. 방금 전 그녀에게 소리 질렀던 게 꽤나 신경 쓰이는 것 같다. 후환을 아주 많이 두려워하고 있었다.

그러나 그는 짐작조차 못하고 있었다. 이가흔의 눈빛 속에 예전과는 다른 따뜻한 애정이 깃들어 있다는 것을.

남궁수가 말했다.

"이 부조장의 의견은 확실하게 참조하도록 하겠어요. 하지만 당장 천룡영웅대를 움직일 수는 없어요."

"여전히 중경성 밖에서 머물러 있자는 건가요? 구룡에는 본 방의 방주님뿐 아니라 검존 노선배님도 함께하고 계셨어요. 또한……."

"또한 천룡위주님께서도 함께하시고 있었겠지요."

"…그걸 알면서도 아무것도 하지 말고 이런 곳에서 죽치고 있자는 건가요?"

"죽치고 있는 게 아니에요. 우리는 때를 기다리고 있는 거예요."

"엽 무상의 말대로 신무림맹에 변란이 일어날 때를 말하는 건가요? 진짜로 그런 일이 일어날 거라고 남궁 조장은 아직도 믿는 건가요?"

"물론이에요."

단정적이며 확고한 대답.

남궁수로부터 어떠한 파탄도 발견해 내지 못한 이가흔이 입가에 가벼운 한숨을 만들어냈다. 자신이 여인으로서의 기량뿐 아니라 엽자건에 대한 믿음에 있어서도 절대 남궁수를 이길 수 없었다는 생각 때문이다.

'에휴우! 역시 일찌감치 목 사형에게 갈아탄 게 맞는 거겠지? 그런데 저 인간도 유 조장을 설득하는 데는 실패한 건가?'

그랬다.

목진풍에게 사정 설명을 전해 들은 유백온 역시 엽자건에 대한 확고한 믿음을 갖고 있었다. 절대 그가 내린 명령을 중간에 포기할 생각이 없어 보인다.

한데, 그렇게 네 사람 간에 대화가 잠시 끊겼을 때다.

번쩍!

서쪽 하늘에서 갑자기 눈부신 섬광과 함께 천지가 진동하는 듯한 폭발음이 연달아 터져 나왔다.

굳이 깊이 생각할 것도 없다. 아주 쉽게 답은 도출되었다.

"중경성!"

"신무림맹이 있는 방면일까?"

"두말하면 잔소리!"

연달아 목소리를 낸 다른 사람들과 달리 유백온은 입을 굳게 다문 채 하늘을 붉게 물들이고 있는 화광을 바라봤다. 항상 잔잔한 호수의 중심과도 같던 눈빛이 커다란 격랑을 만들어내고 있다.

남궁수가 말했다.

"유 조장, 먼저 가도록 하세요!"

유백온이 바라본다.

"나는……."

남궁수가 가볍게 고개를 가로저어 보인다.

"천룡영웅대의 지휘권은 지금부터 제가 맡겠습니다. 유 조장은 자신이 마음에 둔 사람의 안위에만 신경 쓰도록 하세요."

"고맙소."

짤막한 사의와 함께 유백온이 신형을 공중으로 뽑아 올렸다. 무당파가 자랑하는 제운종이다. 그리고 그뒤 이어진 건 유운신법.

'이건… 지나치게 빨라! 하지만 천룡위주님의 명령이 틀린 것은 아니니, 후속 조치 역시 계획대로 진행시켜야 할 것

이다!'

잠시 유백온의 뒷모습을 물끄러미 바라보던 남궁수가 천천히 신형을 돌려 세웠다.

눈앞의 바짝 긴장한 두 남녀.

목진풍과 이가흔에게 번갈아 추수처럼 아름답고 맑은 눈빛을 던진 남궁수가 말했다.

"지금부터 천룡영웅대는 중경성 대난입작전에 들어갑니다!"

"대난입작전?"

"성문을 통하지 않고 일제히 난입해서 신무림맹으로 향한다는 뜻입니다."

"아!"

"그러니 목 조장과 이 부조장은 풍자조와 운자조를 함께 지휘해 주세요. 팽 조장의 부상이 아직 완치되지 않았으니 운자조에는 많은 도움이 필요할 거예요. 저는 용자조와 호자조를 맡도록 하겠어요."

목진풍과 이가흔이 딱딱하게 굳은 표정으로 대답했다.

"예!"

"그러지, 뭐."

남궁수가 미미하게 고개를 끄덕여 보이곤 신형을 돌려세웠다. 마음이 급했으나 되도록 여유를 갖고자 했다. 마음속의 연인이자 경애하는 지휘관인 엽자건을 조금이라도 닮고자 하는 노력이었다.

*   *   *

"미친년!"

냉고성은 난장판이 된 신무림맹을 바라보며 입 매무새를 크게 일그러뜨렸다.

그럴 수밖에 없다.

구룡에서 대승을 거둔 대법대불왕이 이끄는 포달랍궁의 정예는 아직 중간에 위치한 청성파를 제압하지 못한 상태였다. 곧바로 중경에 있는 신무림맹으로 돌격해 들어올 수 없는 입장이라는 뜻이다.

당연히 냉고성은 한동안 시간을 끌 작정이었다.

당소교의 도움을 받아 회유시킨 당가의 제자들로 하여금 신무림맹 내부에 독을 풀고, 암기와 폭약을 터뜨려서 혼란을 가중시키는 건 한참이나 뒤에 벌일 일이었다. 완벽하게 신무림맹을 붕괴시키는 데 그 정도의 시간은 필요했다.

그런데 이젠 다 틀려 버렸다. 완전히 난장판이 되었다. 이번 계획의 핵심이라 할 수 있는 당소교가 갑자기 독자적으로 일을 저질러 버렸기 때문이다.

'게다가 더욱 중요한 점은 어떻게 된 일인지 신무림맹에 침투한 간자들이 그년과 함께 움직였다는 것이다. 그러니 지

금이라도 내가 중간에 끼어들지 않는다면 이번 계획은 완전히 끝장나고 말 것이야.'

그리되어선 안 된다.

절대 받아들일 수 없는 결과였다. 이미 대법대불왕에게 호언장담을 한 상황인 까닭이다.

하지만 휘하의 잔혹마검대만으로 신무림맹을 괴멸시키는 게 가능한 것일까?

냉고성은 회의적이었다.

전날 독존 당무양에게 죽음 직전까지 몰린 바 있다. 그 외에 무수히 많은 고수가 포진해 있는 신무림맹을 홀로 도모한다는 건 무리였다. 거의 미친 짓이나 다름없었다.

'그래, 분명 미친 짓이다. 절대 해선 안 될 짓이야. 하지만 독존 당무양이 신무림맹을 비운다면 어찌 될까? 그만 없다면 나와 잔혹마검대에도 충분히 가능성이 있는 일일 것이다.'

냉고성의 눈매가 가늘어졌다.

섬뜩한 광채가 광기처럼 번뜩인다. 전날 그에게 전달된 정체불명의 서신 안에 적혀 있던 제안을 떠올린 것과 동시의 일이었다.

믿지 않았다. 믿을 수 없었다.

하지만 지금은 결단을 내려야 할 순간이었다. 그 서신에 적혀 있던 일이 현실로 눈앞에 모습을 드러냈으니까.

"후우!"

냉고성은 한차례 호흡을 들이쉬곤 천천히 손을 들어 올렸다. 이미 주변에 촘촘하게 집결해 있는 잔혹마검대에게 일제 공격의 명령을 내리기 위함이었다.

"전원 돌격! 지금부터 신무림맹 내로 돌입해서 모든 인간을 몰살시키고 무림의 새 역사를 쓴다!"

"존명!"

잔혹마검대 전체가 간결한 복명과 함께 잠시의 정돈 시간을 가진 후 곧 분분히 야천을 향해 날아올랐다. 일천에 육박하는 인원이 한꺼번에 그리했다.

―비천편복(飛天蝙蝠)!

밤하늘을 가득 메운 일천의 박쥐 떼. 보는 이의 눈을 부릅뜨게 만들 만한 장관이었다. 밤의 기운을 잔뜩 머금은 대기를 진저리치게 만드는 대살기의 폭발이었다.

*　　　*　　　*

"허허허!"

중경의 밤하늘을 수놓는 한 떼의 박쥐 떼를 물끄러미 바라보던 천기마야의 만면에 사람 좋은 미소가 번져 나왔다. 생각했던 것보다 꽤나 재밌게 일이 진행되어 간다는 판단 때문이다.

그때 그의 배후에 목령사귀가 모습을 드러냈다.

대법대불왕을 만난 후 곧바로 중경으로 달려온 그의 몸 이곳저곳에는 미세한 균열이 발생해 있다. 불사나 다름없는 괴공을 연마했으니 이제 그 생이 얼마 남지 않았음을 짐작케 한다.

슥!

천천히 신형을 돌려세운 천기마야의 눈에 흐릿한 광망이 일었다.

"영체에 타격을 입었군. 대법대불왕이더냐?"

"그렇습니다."

"과연 새외제일인이라 불리는 자답구나! 아주 대단한 위세야!"

차갑게 미소 지어 보인 천기마야가 눈빛을 평상시처럼 돌려놨다. 어느새 심중의 격동을 제거해 버린 듯하다.

"답은 얻어왔더냐?"

"예, 대법대불왕은 마천주님의 제안을 기꺼이 받아들이겠다고 했습니다."

"또?"

"청성파는 수일을 버티지 못할 것입니다. 당가주가 이끄는 당가의 주 전력 역시 마찬가지고요."

"그 정도로 대단하더냐?"

"운이 없었다고 보는 편이 더 나을 것 같습니다. 청성파는 청운적하검(靑雲赤霞劍)을 잃어버린 후 대법대불왕에 맞설 만한 절대고수를 오랫동안 배출치 못했고, 당가의 주 전력은 제대로 된 독과 암기를 갖추지 못했으니까요."

"하긴 잔혹마군 냉고성에게 본가를 털린 시점에서 당가는 아주 큰 전력의 누수를 피할 수 없었을 테지. 그러니 오늘 밤 신무림맹까지 박살 나게 되면 사천 무림은 실질적으로 끝장 나게 된다고 봐도 무방하겠구나?"

"마천주께서 말씀하신 그대로입니다. 하지만……."

"하지만?"

"…그리 일을 진행시키신다면 마천주께서 대법대불왕에게 너무 큰 선물을 안겨주시는 셈이 되지 않겠습니까?"

"허허, 네 영체에 타격을 입힌 대법대불왕에게 복수를 하고 싶은 것이더냐?"

"그런 사심은 제게 존재하지 않습니다."

"알고 있다. 네 녀석에게 그런 인성 따윈 사라진 지 오래인 것을."

"그럼……."

"염려하지 말거라. 본좌 역시 대법대불왕에게 분에 넘치는 선물 같은 걸 안겨줄 생각은 없느니라. 물론 신무림맹은 오늘 냉고성의 잔혹마검대를 막아내기 위해 엄청난 대가를 치러야만 할 테지만."

"……"

목령사귀가 무어라 더 말을 하려다 입을 굳게 다물었다.

스파앗!

어느새 그가 보는 앞에서 천기마야가 신형을 천공으로 띄워 올리고 있었다. 소림사 때와 달리 이번엔 직접 싸움의 전면에 나설 작정임에 분명했다.

투둑!

목령사귀가 더욱 심해진 몸의 균열을 잠시 살피다 천천히 신형을 돌려 세웠다. 문득 아직 전하지 못한 파군성 엽자건과 천룡영웅대에 대한 사항이 떠올랐으나 그냥 고개를 저어 보였다. 천하무쌍이라 할 수 있는 천기마야가 신경쓸 만한 일은 아니란 생각을 떠올린 까닭이다.

잠시 후,

천기마야가 도착한 장소는 바로 천무각 앞. 느닷없이 벌어진 신무림맹의 대소동 속에서도 별다른 동요가 없는 맹주의 거처였다.

'독존, 과연 상당한 인물이 아닌가? 이런 대소동 속에서도 태연히 자리를 지키고 있을 만한 인물은 그리 많지 않을 터인데……'

천기마야는 어느새 귀안을 열어 삼목(三目)이 된 채 천무각 내부를 살피곤 입가에 흐릿한 미소를 만들어냈다. 오늘 천하를 호령하던 대인물 중 한 명의 목숨을 거둘 생각을 하자 기분이 상당히 좋아진 것이다.

잠시뿐이었다.

곧 만면에 어려 있던 즐거움의 기색을 지워 버린 천기마야가 양손을 좌우로 휘저어 보였다.

그에 따라 펄렁이기 시작한 커다란 소매!

좌악! 좌아악!

기묘한 소리와 함께 대기가 크게 뒤흔들렸다. 작은 파동 따위가 아니다. 아주 큰 흔들림이 천무각 주변을 빠르게 휘저어 갔다. 쪼개어갔다.

콰콰콰콰쾅!

그 뒤를 이은 건 굉음이다. 대기를 순식간에 커다랗게 잘라 버린 무형의 기파가 거대한 천무각을 순식간에 토막 쳐서 완전히 부숴 버린 것이다.

그것만으로 끝일 리 없다.

연달아 일어난 무형의 기파가 삽시간에 수백 개로 나뉘어 사방으로 날아갔다. 퍼져 나갔다.

"크악!"

"으악!"

"크아아아악!"

기다렸다는 듯 사방에서 비명이 터져 나왔다. 천무각을 지키던 호위무사들이다. 그들은 변변찮은 방어조차 해보지 못한 채 피투성이가 되어 바닥에 쓰러져 갔다. 족히 수십 명이 한꺼번에 참사를 면치 못한 듯하다.

'이런 상황에서도 나서지 않는가?'

천기마야의 의문은 그리 오래가지 않았다.

스읏!

어느새 그의 머리 위에서 검은색 광풍이 떨어져 내렸다. 굳이 살피지 않더라도 알 수 있다. 귀염독화공의 극치라 할 수 있는 독강(毒罡)이었다.

콰릉!

방금 전까지 천기마야가 서 있던 장소에 깊숙한 웅덩이가 파였다. 독강에 담긴 위력이 얼마만한 것인지를 알 수 있게 해주는 광경!

더군다나 그것만으로 끝이 아니었다.

쉬아아악!

귓전을 아프게 만드는 소음과 함께 섬전 같은 화살이 대기를 관통했다. 꿰뚫어갔다.

물론 목표는 천기마야다.

거의 순간이동이나 다름없이 머리 위에서 떨어져 내린 독강을 피해낸 그를 노리며 벼락같은 이격이 날아들었다. 애초에 패도무쌍이라 할 만한 첫 번째 일격을 피할 걸 예상하고 더욱 빠르고 강력한 이격을 날린 것이다.

그러나 이게 어찌 된 일인가!

막 천기마야의 머리통을 관통할 듯하던 검은색 화살의 속도가 거짓말처럼 줄어들었다. 갑자기 평범한 사람조차 눈으로 쫓을 수 있을 만치 그리되었다.

푸석!

결국 검은색 화살이 가루로 변해 사라졌다. 애초에 무형의 독기로 뭉쳐서 만들어진 화살인지라 흔적조차 남기지 못했다. 그렇게 종적을 감춰 버렸다.

스슥!

그와 거의 동시에 당무양이 바닥에 떨어져 내렸다. 공중에 천신처럼 뜬 채로 잇달아 펼친 초강의 독공이 완벽하게 실패했음에도 움직임이 꽤나 가볍다. 여전히 여력을 남기고 있음을 알 수 있게 해주는 모습이다.

천기마야가 태연한 표정으로 먼저 입을 열었다.

"처음 뵙겠소. 본인은 천기마야라 불리는 필부올시다."

당무양의 눈매가 날카로워진다.

"천기마야? 대종교가 중원에 심어놓은 끄나풀들의 우두머리가 직접 모습을 드러낸 것인가?"

"허허, 끄나풀들의 우두머리라니, 표현이 좀 지나치시구려."

"그럼 마천주라고 불러야 하는가?"

"……"

천기마야의 현기 어린 눈에 이채가 어렸다. 당무양이 마천과 자신의 관계까지 정확하게 파악하고 있을 줄은 몰랐기 때문이다.

물론 잠시뿐이었다.

곧 평상시의 표정을 회복한 천기마야가 슬쩍 주변을 살피더니 심중에 담아뒀던 말을 끄집어냈다. 제안이다.

"우리 두 사람에겐 장소가 좀 협소하다고 생각하지 않소이까?"

"장소가 협소하다…….""

당무양 역시 그런 생각을 하고 있었다.

자신의 특기인 귀염독화공과 암흑파천(暗黑破天)을 마음 놓고 펼치기엔 주변 환경이 꽤 많이 신경 쓰였다. 자칫 전력을 다하다 완전히 붕괴해 버린 천무각 주변으로 빠르게 다가들고 있는 신무림맹의 무사들에게까지 피해를 입힐 가능성이 높았기 때문이다.

'…물론 그건 저 노마한테도 마찬가지일 터. 지금 맹의 내외에서 난동을 부리는 제 놈의 수하들 역시 휩쓸릴 수 있을 테니까.'

내심 염두를 굴린 당무양이 다시 신형을 공중으로 띄워 올렸다.

설명은 없었다. 어차피 이심전심(以心傳心)인 천기마야가 자신의 뒤를 따라올 것을 알고 있었으니까.

스윽!

과연 천기마야 역시 신형을 띄워 올렸다. 여전히 귀안으로 인해 형성된 삼목을 그대로 유지한 채였음은 물론이다.

*　　　*　　　*

스스스슥!

신무림맹의 호위를 맡고 있던 철혈협영대의 대주 당준은 바람같이 신형을 날리고 있었다.

그의 주변, 온통 불바다다. 이곳저곳에서 처참한 비명성이 터져 나오고 있었다.

여태까지 친구라 믿었고 동료였던 자들이 휘두른 살검이 무수한 죽음을 불렀고, 갑작스레 발동한 독과 치명적인 암기, 폭약 등이 아수라장을 만들었다.

하나같이 당가 비전의 병기들!

당가를 대표하는 위치에 있는 당준이 당황한 건 두말하면 잔소리일 터였다. 평소의 냉철함을 잃고 잠시 동안 눈앞에서 벌어지고 있는 목불인견의 참상에 넋을 놓아버렸다. 일시 어찌해야 할 바를 모르게 된 까닭이다.

하지만 그는 곧 평상시의 모습을 되찾았다. 자신이 가장 먼저 챙겨야 할 임무를 기억해 냈다. 아주 오랫동안 외면해 왔던 심장의 목소리에 귀를 기울이게 되었다.

'모용 문상! 나는 모용 문상을 지켜야만 한다! 이번 사태를

수습하고 당가에게 몰릴 무림계의 의혹을 불식시키기 위해선 그녀의 능력이 반드시 필요해!'

내심 소리 지르던 당준의 인상이 일그러졌다.

이것이 심장의 목소리?

개 같은 소리다. 용기없는 사내의 어처구니없는 변명이다.

'나의 초연이다! 내 약혼녀다! 반드시 그녀를 지켜내야만 한다!'

정답이다.

비로소 편해진 얼굴이 된 당준이 발끝에 더욱 힘을 더했다. 봉황전이 곧 눈앞이었기 때문이다.

한데, 바로 그때다.

봉황전을 서성거리고 있는 하얀 그림자가 있었다. 극상의 신법을 발휘하고 있는 와중임에도 눈 속에 확연히 들어온 얼굴.

'소교? 으음, 어째서 저 아이가 아직까지 봉황전 부근에 있는 거지?'

문득 당준의 뇌리 한편에서 위험 신호가 맹렬히 일어났다. 머리로 생각한 게 아니다. 본능이다. 어려서부터 무수히 많은 싸움을 이겨내고 당가를 대표하는 초절정고수에 오른 십수살이란 무인에게 주어진 선물.

스슥!

일순 당준의 신형이 가벼운 변화를 일으켰다. 이형환위를 펼쳐서 당소교에게 빠르게 다가들었다. 일단 그녀를 제압해 놓고서 질문을 던질 작정이었다.

그런데 막 그가 당소교 앞에 도달했을 때다.

파파파파팟!

놀랍게도 거의 넋을 잃어버린 듯하던 그녀의 몸속에서 무수히 많은 암기가 튀어나왔다. 당가의 십독십암 중 하나인 폭화연환표(暴火連環鏢)!

익히 당준이 아는 암기술이다.

당연히 그는 대응책 역시 알고 있었다.

빙글.

순간적으로 신형을 회전시킨 당준의 손끝이 몇 차례의 변화를 일으켰다. 당소교를 떠난 후 공중에서 회전을 일으키다 한 지점으로 모여들어 광역 폭발을 일으킬 암기들의 방향을 흩뜨려 놓은 것이다.

투타타타타탕!

결과는 예상대로였다. 당준이 익히 아는 바대로 폭발을 완성치 못한 폭화연환표들이 우박처럼 바닥에 떨어져 내렸다. 당소교의 공격은 완전히 실패로 돌아갔다.

그것만으로 끝일 리 없다.

곧바로 펼쳐진 당준의 금나수에 당소교의 완맥이 제압당했다. 마혈 역시 동시에 점혈되었고.

"소교야, 어째서냐? 역시 사악한 마공에 당한 것이냐!"

"풋!"

당소교가 자신을 향해 소리치는 당준을 향해 피식 미소 지었다. 광기마저 엿보이던 두 눈은 지극히 맑다. 전혀 이지를 잃어버린 자의 것이 아니다.

"죽이세요! 숙부, 절 죽여서 지옥으로 보내주세요!"

"이 녀석……."

당준이 손을 들어 올렸다.

혼령처럼 봉황전 주변을 배회하던 그녀를 발견한 순간부터 느꼈던 불안한 느낌. 이제 손에 잡힐 듯 명확하게 느껴진다.

한데, 그가 잠시 고민하고 있을 때였다.

휘리리리릭!

대기를 가로지르는 섬뜩한 기음과 함께 당소교를 제압하고 있던 당준의 어깨에서 피보라가 일었다. 소리보다 빠른 암격에 회피 동작조차 보이지 못한 것이다.

'그나마 소교가 있었기에 이만했다! 그렇지 않았다면 단숨에 가슴이 꿰뚫려 죽을 만한 공격이었어!'

격동과 분노로 흐트러졌던 당준의 냉정이 돌아왔다. 그만큼 압도적으로 강한 암격이었다.

스륵!

크게 베어진 팔의 부상엔 신경조차 쓰지 않고 당준이 당소교와 함께 바닥에 무너져 내렸다. 다시 머리를 노리며 파고든 적의 공격을 피하기 위함이었다.

그다음은 나려타곤!

아니다. 그와 비슷하나 완전히 다른 지당권의 신법이다.
질견보(跌犬步)다.

파파팍!

바닥을 뒹굴 듯 신형을 낮춘 당준이 강하게 지축을 찍으며
신형을 뒤로 날렸다. 그렇게 함으로써 어떻게든 자신을 지키
려 했다. 그 과정 중 당소교를 교묘하게 방패로 삼는 비열한
짓도 서슴지 않았다. 불현듯 뇌리를 스친 자신의 판단이 옳은
지 확인하기 위함이었다.

'과연!'

당준이 내심 나직한 탄성을 터뜨렸다. 그의 질견보는 대성
공이었다. 그 자신과 당소교 모두가 압도적으로 강한 적의 공
격으로부터 벗어날 수 있었기 때문이다.

잠시뿐이었다.

슈카칵!

일순 일, 이차 암격과 완전히 정반대 방향에서 소름 끼치는
참격이 일어났다. 이미 피투성이로 변해 있던 당준의 오른팔
을 단숨에 절단시켜 버렸다.

"크헉!"

예상치 못한 참격에 짤막한 비명을 토한 당준이 이를 악문
채 다시 질견보를 펼쳐 냈다.

아니다. 첫 번째 일보만 그러했다. 그 뒤 그는 신형을 뒤로 회전시키며 연달아 십여 장을 이동했다. 이미 당소교를 신경 쓸 여유 따윈 존재치 않았다.

휘리리릭!

그때 힘을 잃고 바닥에 무너져 내리는 당소교를 붙잡아 드는 강인한 손길이 있었다. 만리지도로 펼친 잔혹심살도법의 참격으로 당준의 팔을 자른 냉고성이었다.

"수고했다."

"……."

악마같이 미소 짓는 냉고성의 한마디에 당소교의 눈빛이 가벼운 떨림을 보였다. 갑자기 완전히 잊어버리고 있었다고 생각한 지독한 혐오감이 왈칵 일어나 그녀를 견딜 수 없게 만들었다.

第百五章

야반가성(夜半歌聲)

少林
棍王
소림곤왕

신무림맹을 집어삼킨 불기둥 야천을 밝히니,
협객은 울부짖고 여인은 비로소 지옥 속에서 벗어난다

일각 전.

봉황전에서 평상시처럼 집무를 보고 있던 문상 모용초연은 이변이 발생했음을 눈치챘다.

사방에서 터져 나오는 폭발음, 비명성. 어느 하나 신경을 거슬리지 않는 게 없었다. 여름철 무척이나 귀찮음을 주던 날파리 떼의 습격을 당한 것처럼 짜증을 유발시켰다.

슥!

그런 그녀의 앞에 한 명의 청의노검객이 모습을 드러냈다.

천하에 이름 높은 삼대검객의 일좌.

호남성 장사(長沙)에 위치한 곽가보의 제일고수이자 구정회의 태상호법인 강남신검호(江南神劍豪) 곽태령의 등장이었다.

모용초연의 눈에 언뜻 놀람의 기운이 담겼다.

"태상호법께서 직접 등장하실 만한 일이었는지요?"

"안타깝게도 그리되었네. 오늘 밤 신무림맹은 혈겁을 면치 못할 듯하니 일단 자네는 나와 함께 몸을 피하세나."

"지체할 시간 따윈 없는 것일 테지요."

"물론일세."

단호한 곽태령의 대답에 모용초연이 얼른 고개를 끄덕여 보였다.

태상호법이자 회주인 조부의 금란형제인 곽태령이다. 그가 직접 나선 이상 고집 센 그녀일지라도 따르지 않을 도리가 없었다.

잠시 후,

천하에 알려진 것보다 월등한 무위를 지닌 곽태령의 대활약 속에 신무림맹을 벗어난 모용초연이 눈살을 찌푸렸다. 갑자기 떠오른 한 사내의 얼굴 때문이었다.

"잠시만… 발걸음을 멈춰주실 수 없는지요."

"이곳은 아직 안전치 못하네만?"

"정혼자가 걱정되는군요."

"정혼자? 당가의 십수살을 말하는 건가?"

"예."

모용초연이 미미하게 고개를 끄덕이자 곽태령의 눈이 이채를 발했다.

그는 모용초연을 아주 어렸을 때부터 알고 있었다.

총명재지한 재녀 그 자체!

그러나 그가 아는 모용초연의 성정은 지극히 차가웠다. 쉽사리 타인에게 마음을 주는 성격이 되지 못했다.

당연히 구정회의 중심인 고소 모용 씨와 신무림맹을 장악한 당가 간에 이뤄진 정략혼인에 그리 큰 신경을 쓰고 있을 리 없다 여겼다. 그래서 굳이 신무림맹의 호위 총책임을 맡은 당준을 챙기지 않았던 거고 말이다.

'내 착각이었던가?'

모용초연이 의혹 어린 곽태령의 눈빛을 태연히 받아들이며 말했다.

"잠시만 더 시간을 주시면 됩니다. 제 생각에 이번 기습전에 포달랍궁의 주력이 몽땅 투입된 것 같진 않으니까요. 그리고 또 한 가지……."

"또 한 가지?"

"지금 중경성 부근에는 천룡영웅대가 집결해 있습니다. 비록 천룡위주인 파군성 엽자건 무상이 포함되진 않았다곤 하나 강남의 왜구들과 싸워온 역전의 용사들입니다. 그들이 참전한다면 오늘 밤 신무림맹의 피해는 생각보다 줄어들 가능성이 높습니다."

"일리있는 말일세. 하지만 이번 공격에는 대종교의 사주를
받는 마천 역시 참가한 것 같다네."

"포달랍궁과 마천이 연합전선을 구축했다는 뜻인가요?"

"그렇다고 봐야 할 테지. 물론 각자 북원의 타타르와 후금
의 황천기주를 지원하고 있는 만큼 끝까지 공존이 이뤄질 수
는 없을 테지만."

"그렇다면 더더욱 우리는 신무림맹을 포기해선 안 됩니
다."

"이유는?"

"이번에 신무림맹이 완전히 붕괴된다면 그다음은 섬서와
하남을 비롯한 강북무림 전체가 될 것입니다. 강남무림이 여
전히 왜구의 침습으로 인해 큰 힘을 발휘하지 못하고 있는 이
때에 그 정도까지 전선을 뒤로 물린다는 건 있을 수 없는 일
입니다."

"하지만 강북무림은 강하다네."

"섬서의 화산파와 종남파가 서로를 견제하느라 바쁘고, 하
남의 삼강은 근자에 후금 황천기주의 침입으로 인해 극심한
전력의 손실을 입었어요. 만약 사천이 완전히 붕괴된다면 절
대 그들은 버티지 못할 거예요."

"하면 자네의 의중은 무언가?"

"잠시만 더 상황을 지켜보다가 신무림맹의 남은 전력과 함

께 퇴각전을 벌일까 합니다."

"퇴각전?"

눈살을 찌푸려 보이는 곽태령에게 모용초연이 선언하듯
말했다.

"목표는 광서(廣西)의 계림(桂林)입니다."

"계림? 어째서 그 먼 곳까지 퇴각전을 벌이겠다는 건가?"

"강북무림으로 전선을 물려선 안 되니까요. 게다가… 계림
까지 퇴각전을 훌륭하게 수행할 수만 있다면 이번 무림대전,
확실하게 끝낼 수도 있을 거라 생각합니다."

"……"

곽태령이 입을 굳게 다물었다. 절세의 재녀라 할 수 있는
모용초연이 이렇게까지 얘기한다면 재론의 여지가 없는 것임
이 분명했기 때문이다.

*   *   *

"소교 이 녀석……."

당준은 잘려 나간 팔의 지혈조차 잊은 채 이를 악물었다.
두 눈 깊숙한 곳에선 은은한 혈기가 감돌고 있었다. 심중의
분노를 억지로 찍어 누르느라 그리되었다.

그때 당소교의 망가진 뺨을 뱀 같은 손가락으로 한차례 슬
슬 어루만진 냉고성이 신형을 돌려세웠다. 첫 번째 목표인 봉

황전의 문상 모용초연을 제거하기 위해선 당준을 한시바삐 제거해야만 했기 때문이다.

"십수살 당준, 명이 길구나."

"잔혹마군 냉고성! 소교한테 무슨 짓을 한 것이냐!"

"무슨 짓?"

냉고성이 여유 넘치는 표정과 함께 당소교에게 시선을 한 차례 던지곤 어깨를 슬쩍 추어 보였다. 당준이 무슨 말을 하는지 도통 모르겠다는 표정이다.

당준의 두 눈에 깃든 혈기가 더욱 짙어졌다.

"소교는 착한 아이다! 감히 네 녀석이 그 착한 녀석한테 사술을 걸어서……."

"그렇지 않아요!"

"…소교야?"

갑자기 버럭 소리를 지른 당소교를 바라보는 당준의 눈꼬리가 가벼운 떨림을 보였다.

설마 했던 일이다. 느닷없는 당소교의 암격을 당한 직후에도 줄곧 부정했던 일이기도 했다. 절대 일어날 수 없고 일어나서도 안 되는 일이었기 때문이다.

"너 설마……."

"그래요! 나는 냉고성 이 사람한테 내 모든 걸 줬어요. 그리고 그를 위해서 가문을 피바다로 만들고, 오늘은 신무림맹을 그리하고 있어요."

"…그만!"

"아니, 계속 들으세요. 나는 그런 년이에요! 그래서 숙부한테 말했잖아요. 날 죽이라고!"

"……"

당준의 안색이 새파랗게 질렸다가 점차 제 빛깔을 찾아갔다. 눈에 담겨 있던 혈기 역시 마찬가지다. 평상시대로의 고요함과 차가움을 회복했다.

'재미있군. 만사를 다 때려치우고 계속 지켜보고 싶을 정도로 말야. 하지만 시간을 너무 길게 끄는 것도 좋은 일은 아닐 테니 이쯤에서 끝내도록 할까?'

내심의 중얼거림과 함께 금안에 차가운 살기를 담은 냉고성이 늘어뜨리고 있던 만리지도를 다시 들어 올렸다. 잔혹심살도법으로 당준이 제정신을 회복하기 전에 승부를 끝장내려 한 것이다.

한데 바로 그때, 상황이 급변했다.

스슥!

이번엔 당준이 먼저 움직였다. 바람처럼 공중으로 신형을 떠우더니 하나밖엔 남지 않은 독비를 십여 개로 늘렸다. 십수살이란 별호에 걸맞은 순속의 빠르기로 당가비전의 십암 중 다섯 개를 동시에 펼쳐 낸 것이다.

피잉! 패패패패팽!

쏜살같이 날아오는 혈리표(血鯉鏢), 곡선을 그리며 시간차

공격에 나서는 낭리표(囊裏鏢), 눈앞을 어지럽히는 움직임의
금전표(禁轉鏢)……

당준의 손을 떠난 암기들은 각기 독창적인 변화와 함께 냉
고성을 공격해 들어갔다. 그의 전신에 구멍을 숭숭 뚫어놓고
강력한 독을 몸속에 주입하려 했다.

게다가 그것만으로 끝이 아니었다.

피잉!

가장 늦게 당준의 손을 떠난 검은색의 철구가 냉고성에게
채 도착하기도 전에 대폭발을 일으켰다. 내부에 장치되어 있
던 수백 개가 넘는 비침을 일거에 토해냈다.

멸폭구(滅爆球)!

당준이 당소교를 납치한 냉고성을 죽이기 위해 당가에서
가져온 극랄한 암기다. 제대로 폭발만 한다면 어떠한 고수라
도 결코 그 여파를 피할 수 없을 터이다.

그러나 냉고성이 그동안 당소교를 허투루 데리고 있던 게
아니다. 당가의 십독십암에 관한 아주 다양한 정보를 취득한
지 오래였다. 그리고 전날 당가의 보전에서 몇 개나 되는 멸
폭구를 탈취하기까지 했다.

'훗! 멸폭구까지 사용했다는 건가?'

내심의 비웃음과 함께 냉고성이 고속의 움직임을 보였다.

뒤가 아니다.

오히려 당준을 향해 직선으로 파고들어 갔다.

투타타타탕!

당연히 수중의 만리지도는 삼엄한 도막을 만들어내고 있었다. 전신을 촘촘하게 휘감아서 혈리표와 낭리표, 금전표 등을 모조리 튕겨내었다.

그럼 멸폭구의 비침은?

놀랍게도 냉고성은 멸폭구의 폭발 전에 당준의 지척지간에 이르렀다. 그를 공격함으로써 폭발한 멸폭구의 사정거리로부터 벗어나는 데 성공한 것이다.

더불어 만리지도의 도날이 시퍼런 광채로 뒤덮였다.

쉬악!

목표는 당준의 목덜미. 최선을 다한 공격 끝에 거의 무방비나 다름없는 상황에 처한 그의 수급을 거두려 한다.

그런데 갑자기 당소교가 입을 벌렸다. 짤막한 비명이 터져나왔음은 물론이다.

"아!"

냉고성의 금안 역시 번뜩인다.

'화살?'

머릿속 사유의 흐름보다 그는 더욱 빨리 움직임을 보였다. 막 당준의 수급을 취하기 직전이던 만리지도를 거둬들였다. 다시 자신의 몸을 휘감아서 갑작스레 날아들기 시작한 화살 세례를 방비하기 위함이었다.

티앙!

타타타타타탕!

첫 번째 화살에 손목이 시큰하더니, 그다음은 우박을 맞은 것이나 다름없었다. 그런 충격들이 동시다발적으로 냉고성의 만리지도에 전달되어져 왔다.

'도대체 어떤 놈들이?

예상을 뛰어넘는 화살의 위력에 냉고성이 재빨리 신형을 분신시키며 당준으로부터 떨어져 나왔다. 죽음의 위기를 넘긴 그의 후속 공격으로부터 자신을 보호하기 위함이었다.

그러자 다시 날아든 화살세례!

초절정의 경지를 뛰어넘은 지 오래인 냉고성을 다시금 뒤로 물러서게 만든다. 그 정도로 대단한 강궁이다. 마치 국가와 국가 간의 명운을 건 전장에서나 볼 법한 위력이다.

"악!"

그때 멍한 표정을 짓고 있던 당소교가 갑자기 비명을 터뜨렸다. 얼굴을 가린 채 바닥에 주저앉아 버렸다. 친인인 당준이 죽음 직전에 놓였을 때조차 태연했던 그녀답지 않은 모습.

이유는 곧 밝혀졌다.

스파앗!

연달아 봉황전의 밤하늘을 수놓은 강전세례에 뒤이어 한 명의 준미한 검객이 멋들어진 신법과 함께 모습을 드러냈다. 검신합일을 한 채 당준을 구하기 위해 야천을 가로질러 날아온 것이다.

"대로검자 유백온?"

"당 선배님, 미리 용서를 구하겠습니다!"

"……."

당준이 침묵 속에 고개를 끄덕였다. 유백온이 한 말의 의미를 짐작할 수 있었기 때문이다.

그사이 유백온은 근래 상당한 깨달음을 얻은 태극혜검으로 냉고성을 공격해 들어갔다. 애초부터 목표는 그 한 사람. 이미 평상시 상선약수 그 자체나 다름없던 모습은 깨끗이 자취를 감춘 지 오래다.

파파파파팟!

태극혜검의 절초로 낭패한 모습이 완연하던 냉고성의 전신을 휘감으며 유백온이 무서운 표정으로 소리쳤다.

"교 소매에게 씻을 수 없는 상처를 입힌 죄, 목숨으로 갚아야만 할 것이다!"

"씻을 수 없는 상처? 푸핫!"

냉고성의 입꼬리가 비틀렸다. 얇은 입술이 조소를 마음껏 내비치고 있었다.

물론 손발 역시 쉬진 않는다.

절묘한 보법의 변화, 간단하게 시간과 공간을 얻어낸다. 잇단 강전을 막아내며 쌓인 기혈의 뒤틀림을 해소시키고 유백온과의 간격을 확보한 것이다.

만리지도 또한 다시 움직임을 보인다. 아주 강력한 도기와 살기를 뿜어냈다. 잔혹심살도법이 유백온의 태극혜검이 만들어낸 절초들을 어렵지 않게 파괴해 나갔다.

이는 절대 잔혹심살도법이 태극혜검보다 우위라서가 아니다.

두 사람 간의 객관적인 무공 격차!

더불어 무공에 대한 이해력과 완성도가 우열을 만들어냈다. 결코 좁혀질 수 없는 차이를 만들어냈다.

"크헉!"

결국 몇 차례 교합 만에 유백온의 태극혜검이 출렁거림과 함께 뒤로 밀려났다. 만리지도의 반격에 태극검기의 움직임이 크게 제약되어 버린 까닭이다.

그리고 그와 거의 동시였다.

휘리리릭!

태극혜검의 검기를 농락하듯 휘감아간 냉고성의 만리지도가 독사의 혓바닥처럼 유백온의 목젖으로 파고들었다. 단숨에 그의 목숨을 끊어놓을 작정을 했음에 분명하다.

"큭!"

결국 유백온이 이를 악문 채 유운신법으로 신형을 분산시켰다. 더 이상 태극혜검을 유지하지 못한 채 뒤로 물러나고 만 것이다.

스스슥!

그 순간 당준이 다시 싸움에 뛰어들었다.

유백온이 밀려난 이상 정파의 규칙을 따를 이유가 없었다. 그와 합공을 펼쳐서 냉고성을 죽이고자 했다.

더불어 다시 공중에 날아오른 십수 종의 암기!

막 뒤로 황황히 물러서고 있는 유백온에게 살수를 펼치려던 냉고성의 전신 요혈을 동시에 공격한다. 초절정 급의 고수가 암격을 가하기를 주저치 않은 것이다.

그러나 냉고성은 태연했다. 애초에 이런 식의 합공을 펼치는 게 당연하다고 여긴 까닭이다.

'흐흐, 게다가 너무 늦었다. 정파란 것들이 항상 그렇지만.'

내심의 음험한 미소와 함께 냉고성의 신형이 만리지도와 함께 맹렬한 회전을 보였다.

아니다.

단지 그저 그런 회전이 아니었다.

그의 신형은 순식간에 대여섯 개로 분신을 일으켰다. 회전과 동시에 몇 개나 되는 분신을 만들어냄으로써 당준의 암기들을 간단히 튕겨내고, 순간적으로 유백온에게 접근해 들었다.

"죽어라!"

"……"

순식간에 하나로 합쳐진 분신들.

더불어 압도적으로 강력해진 잔혹심살도법의 살기가 유백

온의 전신의 뒤덮었다. 태극혜검의 검기를 뚫고 다시 그의 목젖으로 독아를 드러냈다. 물어뜯으려 했다.

푸확!

섬뜩한 파육음. 그와 함께 하늘 위로 섬뜩할 만큼 아름다운 피의 꽃이 사방으로 흩날린다. 냉고성의 만리지도의 도날이 틔워낸 한 떨기 붉은 꽃망울.

그런데 이게 어찌 된 일인가!

"너!"

냉고성이 버럭 소리를 지르며 만리지도를 거둬들였다. 살기로 번들거리던 금안 역시 평상시와 달리 가벼운 흔들림을 담는다. 자신의 만리지도에 가슴이 쪼개진 당소교의 모습에 냉혈의 심장이 작은 균열을 일으킨 것이다.

스르륵!

그런 그의 앞에서 힘을 잃고 무너져 내리는 당소교를 유백온이 얼른 안아 들었다. 어느새 생명이나 다름없던 검조차 한편에 내동댕이친 상황.

덜덜 떨리는 두 손으로 당소교의 피로 물든 가슴을 더듬는 유백온의 두 눈에 눈물이 어린다. 그녀를 발견하고도 차마 다가서지 못한 용기없던 자의 회한이 지금 이 순간 눈을 통해 방울져 떨어져 내리고 있었다.

"교, 교 소매……."

"나, 나는 아냐! 백온 대가가 아는 교 소매가 아냐. 그, 그러니까……."

"…크흐흑! 미안하다! 미안하다!"

"……!"

당소교가 계속 부인하려다 흐려지는 두 눈을 동그랗게 떴다. 자신의 얼굴 위로 하염없이 떨어져 내리고 있는 눈물. 단 한 번도 본 적이 없는 유백온의 눈물에 목이 메어온 까닭이다.

그래서인가?

어느새 자기 자신을 부인하던 당소교의 두 눈 역시 습막을 만들어내고 있었다. 진심을 담은 사나이의 눈물이 지옥의 밑바닥까지 떨어져 버린 여인의 마음을 움직였다. 더럽혀지고 부서졌던 순결한 마음을 되살려 냈다.

'백온 대가! 감사합니다. 이리 더럽혀지고 못돼먹은 계집을 위해 울어줘서… 정말 감사합니다. 그리고 당신을 구할 수 있어서 다행이었습니다. 정말로…….'

주르륵!

문득 당소교의 눈가로 한줄기 눈물이 흘러내렸다. 결국 입 밖으로 내뱉지 못한 마지막 중얼거림과 함께.

          *   *   *

"으아아아아아아아!"

귓전을 파고든 울부짖음에 남궁수는 잠시 바삐 움직이던 검끝을 머뭇거렸다.

화마 속에 무너져 내리고 있던 신무림맹.

난입과 동시에 남궁수는 유백온 등과 헤어졌다. 동시다발적으로 이뤄지고 있는 잔혹마검대의 살육극을 막고 완전히 무너져 버린 신무림맹 무인들의 통솔을 위해서였다. 각자 안면이 있는 무림 세력들을 끌어모아 제대로 된 명령 체계를 새롭게 재편하기 위함이기도 했다.

물론 그전에 싸움이 먼저였다.

남궁수는 유백온, 목진풍 등과 헤어진 채 끊임없는 혈전을 치러내고 있었다. 그만큼 난장판이 된 신무림맹 내를 마음대로 휘젓고 다니고 있는 잔혹마검대는 골칫거리였다. 쉽사리 처리되지 않았다.

'이 목소리는 분명 유 조장이다. 하지만 항상 냉정 평온하던 그를 이렇게까지 무너뜨릴 만한 일이 무얼까?'

쉽사리 짐작 가지 않는다.

그러나 그냥 내버려 둘 수도 없었다. 전우니까.

스파팟!

순간적으로 창룡육격참의 절초를 연달아 다섯 차례나 펼쳐 낸 남궁수가 피바다 속에 홀로 거한 채 소리쳤다. 그녀의 뒤를 바짝 따르고 있던 용자조와 일부 운자조의 주위를 환기시킨 것이다.

"지금 당장 전열을 가다듬고 봉황전으로 향한다!"

"존명!"

"명을 따르겠습니다!"

용자조와 운자조 무사들이 일제히 복명했다. 혈전 중에서도 황홀하게 빛나고 있는 남궁수의 명이다. 미모뿐 아니라 무공까지 그러했다. 따르지 않을 이유가 없었다.

스스슥!

그사이 이미 남궁수는 검과 하나가 되어 움직임을 보이고 있었다. 심상찮은 유백온의 비명성에 마음이 살짝 급해졌음이 분명하다.

'이 목소리는……'

목진풍은 흠칫 놀란 채 수중의 청죽봉을 휘둘러 자신을 향해 달려들던 잔혹마검대 대여섯 명을 날려 버렸다. 마음의 큰 동요가 있었으나 청죽봉이 만들어낸 타구봉법의 진수는 확실하게 위력을 발휘했다.

퍼퍽! 퍽퍽퍽퍽!

뒤처리 역시 깔끔하다.

그의 뒤를 따르던 풍자조의 개방도들이 타구진을 형성한 채 나머지 잔혹마검대를 박살 냈다. 신무림맹 내부를 좌충우돌하던 중 만난 소부대 하나를 완전히 끝장내는 순간이었다.

그리 대수로울 것도 없다.

강력한 난입 이후 몇 차례나 경험했던 일이다.

운자조의 일부와 함께 천천히 뒤를 따르며 잔당 처리를 맡고 있던 이가흔이 빠른 걸음으로 다가들었다. 그녀 역시 절정급의 고수인지라 유백온의 울부짖음을 어렵지 않게 간파해냈다.

"목 사형, 이 목소리는……."

"유백온의 것이지."

"…무슨 일이 생긴 걸까요?"

"봉황전 쪽이다. 모용 문상을 만나서 신무림맹 무사들의 전열을 정비하겠다고 했는데……."

"일단 가죠! 이쪽도 대충 정리된 것 같으니까요."

"음!"

목진풍이 평상시 보기 드문 진중한 표정으로 고개를 끄덕여 보였다.

항상 엽자건과 별동대를 맡아왔던 사람이 그다.

천룡영웅대 중 가장 많은 혈전과 난전을 경험한 만큼 싸움의 맥 정도는 자연스레 짚을 수 있게 되었다. 주변이 온통 불기둥에 휩싸여 있는 상황에서도 크게 당황한 기색은 엿보이지 않는다.

'헤에? 이렇게 보니까 목 사형도 제법이잖아? 뭐, 얼굴은 여전히 상거지상이지만…….'

이가흔의 눈이 살짝 반짝거렸다. 슬슬 콩깍지가 씌일랑 말랑 하는 상황이 된 것이다.

*　　　　*　　　　*

"으아아아아아!"

당소교의 시신을 안은 채 피눈물을 쏟아낸 유백온이 광기 어린 울부짖음과 함께 냉고성에게 달려들었다.

태극혜검이 아니라 양의건곤검이다. 아직 오의를 제대로 파악치 못한 태극혜검 대신 근래 십이성 대성을 이룬 양의건 곤검에 자신의 모든 것을 담은 것이다.

과연 효과가 있었다.

자신도 모르는 새 당소교에게 마음의 한 조각을 내주고 있 던 냉고성의 손발이 일시 어지러워졌다. 당준의 암기와 독공 을 방비하던 중 마음이 흐트러졌고, 유백온의 목숨을 건 합공 이 이뤄진 까닭이었다.

물론 그리 오래가진 않았다.

곧 마음을 진정시키고 평상시의 독심을 일으킨 냉고성이 다시 신형을 회전시키며 분신을 일으켰다. 사방을 휘감으며 공격해 들어오는 암기를 튕겨내고 당준의 독룡섬전수(毒龍閃 電手)를 파훼해 냈다. 그리고 다음은 뻔하다.

패애앵!

공중에서 한차례 커다란 똬리를 튼 만리지도가 섬뜩한 살음을 발하며 유백온의 양의건곤검을 쪼개냈다. 완벽에 가까운 건곤검의 검기를 힘으로 절단하고 들어온 것이다.

"이제 그만 죽어라!"

"으아아!"

그러나 냉고성의 바람은 이번에는 이뤄지지 않았다. 그의 만리지도가 막 울부짖는 유백온을 두 조각으로 잘라 버리기 직전 멈춰 버린 까닭이다.

스파앗!

파파파파파팡!

냉고성의 배후를 향해 한기 서린 청류하와 막강한 기력이 담긴 청죽봉이 파고들어 왔다.

굳이 생각할 것도 없다.

유백온의 울부짖음을 듣고 뒤늦게 달려온 남궁수와 목진풍이다. 두 사람이 유백온의 위기를 보고 거의 동시에 손을 쓴 것이다.

자연스레 이뤄진 위위구조 상황!

당준 역시 기회를 놓치지 않는다. 순간적으로 냉고성과의 간격을 좁히며 다시 독룡섬전수를 뿌려냈다.

콰득!

결국 냉고성의 어깨뼈가 탈구를 일으켰다. 당준의 공격이 처음으로 성공한 순간이었다.

더불어 움직인 유백온의 건곤검!

푸푹!

섬전과 같은 빠르기로 냉고성의 허벅지와 옆구리를 찌른다. 갈라 버린다.

"이 버러지 같은 것들이!"

금안 가득 살기를 깃들인 채 냉고성이 다시 신형을 회전시켰다.

분신 역시 잊지 않는다.

다시 구명절초를 이용해 위기를 벗어나려는 의도.

하지만 이곳에는 남궁수가 있었다.

그녀는 처음 공격했을 때부터 냉고성의 움직임을 예의주시하고 있었다. 평생 상대한 가장 강한 고수 중 한 명이란 판단을 내린 까닭이었다.

스파팟!

냉고성의 구명절초를 펼친 것과 동시다.

어느새 남궁수는 근래 얻은 깨달음으로 완성시킨 창룡육격참의 초식 연환을 맹렬히 쏟아냈다.

맞상대가 목표가 아니다.

도주를 막고 합공을 완성시키기 위함이었다.

과연 효과가 있었다.

냉고성의 분신이 이번엔 세 개에서 멈춰 버렸다. 남궁수가 쏟아낸 맹렬한 검기에 움직임의 폭 자체가 위축되어 버린 결과.

푸확! 푸아아악!

결국 냉고성의 몸 이곳저곳에서 다시 피 화살이 터져 나왔다. 부지불식간에 합공에 의한 난도질로 피 칠갑을 한 형상으로 화하고 말았다.

그러나 냉고성은 전날 곤왕 유대유나 대법대불왕 같은 절대고수와 목숨을 건 싸움을 벌인 바 있는 대인물이었다. 새외 칠마로 활동하며 쌓아올린 전적 자체가 이곳에 모인 인물들과는 비교 불가능할 만큼 많았다.

흔들!

피투성이가 되어 바닥에 주저앉을 듯하던 그가 벼락같이 유백온을 떠밀고 포위망을 빠져나갔다. 뒤도 돌아보지 않고 신무림맹 밖으로 도주해 버린 것이다.

쉬아아아아악!

순식간에 멀어져 가는 냉고성의 뒷모습.

허탈한 표정이 된 당준과 남궁수의 귓전으로 목진풍의 다급함이 깃든 목소리가 파고들었다.

"유 조장! 유 조장! 제기랄! 백온 형, 죽으면 안 돼! 죽으면 안 된다구!"

'아! 유 조장!'

'백온 그 녀석이 당했단 말인가!'

내심 소리 지른 두 사람이 얼른 바닥에 주저앉아 입 밖으로 피를 꾸역꾸역 쏟아내고 있는 유백온에게 달려갔다. 마지막 순간까지 냉고성에게 미친 듯 달려들었던 그의 모습을 뒤늦게 떠올렸음은 물론이다.

*　　　*　　　*

풀썩!

자신과 육 인의 사념술사의 정신 공격 앞에 결국 무너져 내린 독존 당무양을 바라보는 천기마야의 표정은 변함이 없었다. 마치 조용히 산책이라도 하고 온 것 같은 태도이며 모습이었다. 애초에 이와 같은 결과를 확신하고 있었기 때문이다.

그러나 곧 사정이 달라졌다.

문득 그의 삼목 중 하나인 귀안이 빛을 발했다. 천리안이 불구덩이 속에 파묻힌 신무림맹에서 일어난 이변을 간파해 낸 것이다.

'냉고성이 실패했다? 결국 구정회에서 오랜 침묵을 깨고 세상 밖으로 나온 것인지도 모르겠군.'

구정회!

마천의 본신이라 할 수 있는 대종교와 세불양립의 사이라 할 수 있다. 한 하늘을 두고 함께 지낼 수 없다는 표현 역시 가능한 견원지간(犬猿之間)이었다.

하지만 거의 백여 년간 두 세력 간에 직접적인 대결은 이뤄지지 않았다. 각자 몇 차례의 정면 승부로 인해 막대한 피해를 입은 까닭이었다.

특히 구정회 쪽이 더욱 심각했다.

중간에 대종교뿐 아니라 강력한 원군이었던 구대문파와도 척을 지게 된 탓에 최근까지 무림의 전면에 나서지 못했다. 아예 호수 깊숙한 곳까지 몸을 낮춘 채 권토중래를 준비하고 있는 상황이었다.

'그렇다 해도 구정회의 힘을 무시할 순 없을 터. 특히 중심이라 할 수 있는 고소 모용 씨들은 머리가 꽤 좋은 족속들이니 이번 대전에 참전할 마음을 굳혔다면 신경을 좀 더 써야할 것이다.'

내심의 중얼거림과 다르달까?

육 인의 사념술사에게 명을 내려서 의식을 잃은 당무양을 챙기게 한 천기마야는 여전히 여유가 넘쳤다.

약간의 변수가 생겼으나 여전히 그의 계획대로다.

이번 기습전과 포달랍궁의 맹진격으로 인해 신무림맹과 사천 무림 세력 칠 할가량이 몰살당했을 터다. 강북무림으로 대로가 훤하게 뚫려 버린 것이다.

당연히 이젠 슬슬 확실하게 기세가 올랐을 포달랍궁과 대법대불왕을 제거할 계획을 짤 차례였다. 오늘 살아남은 신무림맹의 전력과 확실하게 동귀어진을 하게 함은 물론이고 말이다.

'그러기 위해선 역시 근래 고소 모용 씨가 확실하게 밀어

주고 있는 모용초연이란 계집의 계획을 파악하는 게 우선이
겠군. 구정회제일의 고수라 알려진 곽태령이 있을 테니 조금
귀찮음을 각오해야 할 테지만 말야.'

마지막 중얼거림이었다.

확실하게 자신이 원하던 바를 이룬 천기마야가 천천히 신
형을 돌려세웠다.

여전히 대낮같이 환한 배경!

신무림맹 전체를 잡아먹은 불기둥은 쉬이 꺼질 생각이 없
는 듯하다.

第百六章

곤법천종(棍法天宗)

少林
棍王
소림곤왕

❋ 낡아빠진 옛것에 집착하기 보다는
사부가 전장을 전전하며 만들어낸 오호파천곤으로
소림사가 잃어버린 지위를 되찾고 싶었다.

"쿨럭!"

얼마만큼을 내달렸을까?

문득 한줄기 바람이나 다름없던 발걸음을 잠시 멈춰 세운 냉고성의 입에서 격렬한 기침이 터져 나왔다. 억지로 눌러놨던 내상이 도진 것이다.

그러자 본래 약속되었던 방식대로 신무림맹을 탈출한 잔혹마검대의 잔존 병력 역시 움직임을 멈췄다. 제대로 된 지휘를 받지 않은 탓에 채 백여 명이 안 되는 숫자밖엔 남지 못했다. 전멸을 당한 것이나 다름없는 상황이었다.

당연하달까?

냉고성을 바라보는 잔혹마검대의 표정은 결코 곱지 못했다. 무리한 작전 수행에 말도 안 되는 탈출이었다. 간신히 목숨을 건지긴 했으나 참혹한 현 상황은 앞날을 캄캄하게 만들고 있었다.

'제기랄! 우리가 이러려고 중원까지 달려온 건 아닌데……'

'평상시 냉철하던 대주가 어째서 이렇게 변했는지 모르겠구나! 순식간에 잔혹마검대 전체를 날려 버리다니 말야!'

'확 다시 후금으로 돌아가 버릴까? 대주의 수급을 취해서 가져가면 황천기주님한테 엄청난 상금과 관직까지 제수받을지도 모르겠는데……'

수군거리는 말소리와 움직임들.

패군지장의 군중에선 그리 어렵지 않게 일어나곤 하는 반역의 기운이 잔혹마검대 전체에 팽배했다. 누군가 선동을 하기만 하면 콰하고 터져 버릴 상황으로 내달려 가고 있었다.

그러나 바로 그때다.

츄악!

허리까지 접은 채 바닥에 시원스레 핏덩이를 토해낸 냉고성의 만리지도가 섬뜩한 기음을 토해냈다. 한차례 똬리를 틀어 보이더니, 대기를 단숨에 절반으로 잘라내었다.

더불어 공중으로 두둥실 떠오른 수급 세 개!

은연중 주변의 동료들과 불만 섞인 말을 섞고 있던 자들이다. 전장의 법대로 불만을 겉으로 표출하는 불온 세력을 곧바로 제거해 버린 것이다.

뿐만 아니다.

냉고성은 입가에 묻은 핏물을 소매로 슥 닦고서 바닥을 향해 접혀졌던 허리를 바로 세웠다. 자신의 건재함을 과시함으로써 수하들의 불안감을 씻어버리고 지휘권을 강화시키려는 의도.

과연 먹혔다.

언제 불만을 품었냐는 듯 잔혹마검대는 바짝 긴장한 기색이 되었다. 냉고성에 대한 공포가 다시 지배력을 발휘했다. 그게 언제까지 이어질는지는 누구도 알 수 없었지만.

그때 냉고성의 다소 흐릿해진 금안이 번뜩였다.

'추격을 당한 것인가?'

경각심을 떠올린 것과 동시였다. 그의 만리지도가 다시 공중으로 떠올라 커다란 원운동을 형성했다. 혹시 모를 적의 기습으로부터 냉고성 자신을 방어하기 위함이었다.

쓸데없는 짓을 했다는 건 금세 밝혀졌다.

스르륵!

문득 냉고성으로부터 그리 멀지 않은 장소에서 목령사귀가 모습을 드러냈다. 살기는 전혀 느껴지지 않는다.

"어떤 자인지 밝혀라!"

"목령사귀, 북혈단주님의 명을 전달하기 위해 왔소이다."

"북혈단주? 설마 전날 내게 천리전음을 보냈던 자를 말하는 것이냐?"

"생각하는 그대로일 것이오."

선선히 냉고성의 의문에 답을 한 목령사귀가 본론을 끄집어냈다.

"단주님께서는 이번에 독존 당무양을 생포하셨소."

"죽인 게 아니고?"

"죽일 이유가 없소. 그는 향후 중원무림을 장악할 때 아주 요긴하게 쓰일 자니까 말이오."

"그래서?"

"그래서 단주님께서는 당신이 충성 맹세를 하길 바라고 계시오."

"나더러 법왕님을 배신하란 건가?"

"그렇소. 어차피 이대로 돌아가 봤자 대법대불왕의 손에 목숨을 부지하기 어렵게 되지 않았소?"

"……."

냉고성이 입을 굳게 다물었다.

목령사귀가 한 말이야말로 그가 가장 염려하고 있던 바다. 이번 신무림맹 기습은 어디까지나 자신의 독자적인 판단이었기 때문이다.

'게다가 나는 이번에 거의 모든 걸 잃어버렸다. 잔혹마검대는 몇 명 남지 않았고, 내상과 외상 역시 극심해서 본래의

무공 중 몇 할이나 되살릴 수 있을지 모르는 상황이니……'

대법대불왕과 감요진의 얼굴을 번갈아 떠올린 냉고성의 금안에 언뜻 혈기가 어렸다. 대법대불왕에 대한 두려움과 감요진에 대한 욕망이 동시에 폭풍처럼 일어나 그의 정신 그 자체를 붕괴 직전까지 몰아가 버렸다.

잠시뿐이었다.

곧 평상시의 뱀처럼 차가운 이성을 회복한 그가 대답을 기다리고 있는 목령사귀에게 살기를 던졌다. 당장 천참만륙이라도 할 것 같은 기세다.

"내가 법왕을 배신하면 무얼 얻을 수 있지?"

"독존 당무양의 시체, 그리고 신무림맹을 박살 낸 명예요."

"법왕을 죽일 작정인가?"

"신무림맹의 잔당들을 모조리 제거한 직후가 될 것이오. 한 산에 두 마리 호랑이가 살 수는 없으니까."

"한 가지 더 요구 사항이 있다!"

"대법대불왕의 딸인 감요진은 당연히 당신에게 주어질 것이오."

'거기까지 간파하고 있었다? 재밌군!'

내심 섬뜩한 살기를 담아 중얼거린 냉고성이 천천히 고개를 끄덕여 보였다. 목령사귀에게 자신의 뜻을 확실하게 전달한 것이다.

그리고 그와 동시였다.

섬뜩한 파육지음과 처참한 비명성 속에 백여 명가량 남아 있던 잔혹마검대 전원이 피바다 속에 무너져 내렸다. 목령사귀가 신호를 보내자 숨어 있던 백마 삼십 명이 일제히 쏟아져 나와 일제히 손을 쓴 결과였다.

*   *   *

야천을 물들이던 불길이 점차 잦아들 무렵.

곽태령의 호위하에 신무림맹이 있던 잔해 앞에 이른 모용초연의 얼굴에 드물게도 인간적인 감정이 어렸다. 한 팔이 잘린 채 묵묵히 살아남은 철혈협영대를 지휘하고 있는 당준을 발견한 까닭이다.

마침 당준 역시 그녀를 발견했다.

꿈틀!

피에 젖어 있던 검미를 한차례 위로 추어올린 그의 신형이 폭발적인 속도로 모용초연을 향해 날아들었다. 얼굴에 담긴 감정이 꽤나 복잡하다.

슥!

그러자 곽태령이 얼른 모용초연의 앞을 가로막아 섰다. 당준의 갑작스런 행동에 제동을 걸고자 함이었다. 어느새 허리춤에 매달려 있던 고검이 빠져나와 묵직한 검기를 만들어냈다.

모용초연이 고개를 가로저었다.

"괜찮습니다."

"하지만……."

"괜찮다고 했습니다. 저이는 제 정혼자입니다."

"…알겠다."

곽태령이 완강한 모용초연의 표정을 한차례 살피곤 슬며시 뒤로 물러섰다. 그녀가 이렇게까지 나선다면 막을 도리가 없다는 판단이었다.

그때 모용초연의 앞에 떨어져 내린 당준이 떨리는 눈빛을 숨기지 않은 채 말했다.

"모용 문상, 다치진 않았소?"

"당 대주의 염려 덕분에 무사했습니다. 하지만 불행히도 행방불명된 맹주님을 찾는 데는 실패한 것 같습니다."

"맹주님을……."

당준은 말끝을 흐리며 곧 뭔가를 깨달은 표정이 되었다. 그녀가 여태까지 신무림맹에 모습을 드러내지 않았던 진짜 이유를 눈치챈 것이다.

모용초연이 말을 이었다.

"해서 지금부터 저는 신무림맹의 비상 체제를 선포할까 합니다."

"비상 체제?"

"점창파와 마찬가지로 청성파가 포달랍궁에 무너졌습니

다. 봉문을 선언한 걸로도 모자라 상당수의 장로들이 무공 전폐의 굴욕까지 당했다더군요. 그러니 이제 신무림맹이 있는 중경으로 포달랍궁의 정예가 물밀듯이 밀려올 겁니다."

"섬서 쪽으로 퇴각할 작정인 것이오?"

"섬서가 아니라 광서의 계림을 목표로 퇴각전에 들어갈 것입니다."

"광서의 계림? 하지만 그렇게 외진 곳으로 숨어버린다는 건……."

"숨는 게 아니라 반격을 위함입니다. 대법대불왕은 절대로 신무림맹의 잔존 세력을 배후에 둔 채로 섬서와 하남 무림을 도모하려 하지 않을 테니까요."

"……."

당준이 입을 굳게 다물었을 때다. 어느새 두 사람 사이에 다가든 남궁수가 눈을 빛내며 끼어들었다. 역시 천룡영웅대에 명령을 내려 살아남은 신무림맹 인원들을 지휘하던 중 모용초연을 발견하고 다가든 것이다.

"모용 문상, 그렇다 한들 현재 신무림맹의 총전력은 앞서 삼 개 군단의 출정과 당가와 청성파 전력의 이탈, 이번 기습전의 타격으로 인해 평상시의 삼분지 일도 남지 않은 상태예요. 맹주님께서도 행방불명인 상태이고요."

"하지만 우리 곁에는 십존 중 한 분이신 강남신검호 곽태령 선배님이 계십니다."

'저분이 강남신검호 곽태령 선배님?'

'비범한 검기를 느끼긴 했지만, 설마 강남제일검이셨을 줄이야!'

남궁수와 당준이 해연히 놀란 표정이 되어 얼른 예의를 갖췄으나 곽태령은 그저 쓰게 웃을 뿐이었다. 특별히 모용초연을 제치고 앞으로 나설 생각은 없어 보였다. 애초부터 그란 존재가 장사를 떠나 중경의 신무림맹에 나타난 것 자체가 예정에 없는 일이었기 때문이다.

그러나 모용초연은 자신을 원망스레 바라보는 곽태령의 눈빛을 외면한 채 태연히 말을 이었다. 자신이 세운 계획을 묵묵히 털어놓은 것이다.

"게다가 파군성 엽자건 무상 또한 곧 합류하게 될 거라 생각합니다. 삼대 군단의 잔존 세력과 함께 중경으로 향하고 있다고 하니, 계림까지의 퇴각전 중 필시 우리와 연합 작전을 펼칠 수 있는 때가 올 거라 사료됩니다."

"그걸 어떻게 확신하시는 건가요?"

남궁수의 질문에 모용초연이 픽 하고 웃어 보였다. 확신 어린 목소리 역시 그 뒤를 잇는다.

"비록 신무림맹에서 지내는 동안 저와 의견 차이가 있긴 했으나 엽 무상의 뛰어난 전술적 감각과 용병술은 확실하게 파악해 둔 바 있어요. 아마 여기 있는 분들 중 어느 누구도 이해하지 못할 계림으로의 퇴각전이 지닌 의미를 그만은 반드시 알아줄 거라 믿고 있습니다."

"그렇다는 건 천룡위주님과 정보를 나눌 수단이 아직 남아 있다고 봐도 되는 건가요?"

"물론이에요."

명쾌한 대답과 함께 모용초연이 손을 들어 보이자 저 멀리서 독특한 기풍의 일남이녀가 모습을 드러냈다. 전날 소림사 대전에서 천룡영웅대와 함께한 바 있는 송지하와 소하, 연해월이 한꺼번에 나타난 것이다.

송지하가 남궁수를 향해 슬쩍 미소를 지어 보였다.

"남궁 소저, 소생을 알아보시겠소?"

"당신은 천룡위주님의 제자가 아닌가요?"

"하하, 알아보시는군. 나 송지하가 사천 하오문과 함께 지금부터 신무림맹과 사부님 간의 연락을 책임지고자 하오."

"그전에 그분이 어디 있는지 알고 계신 건가요?"

"물론이오. 포달랍궁의 세력이 비록 무섭다곤 하나 개방에만 신경 쓰느라 하오문의 연락망까지 파악치는 못했거든."

"그럼 제게 말해주세요, 그분이 어디 있는지를."

"그건 곤란해요."

중간에 끼어든 모용초연이 서늘한 시선을 남궁수에게 던졌다. 이어지는 목소리에는 단호함이 서려 있다.

"엽 무상 부재 시 남궁 조장은 천룡영웅대의 지휘를 맡아야만 해요. 향후 이어질 퇴각전 시 천룡영웅대의 역할이 매우 중요한 상황이니 남궁 조장의 이탈은 용납할 수 없어요."

"다른 조장들도 있습니다만?"

"유백온 조장은 독미인 당소교의 죽음으로 불안정한 정신 상태이고, 목진풍 조장은 병법에 미숙하며, 팽도진 조장은 중상을 입은 상태예요. 해서 현재 천룡영웅대를 이끌 사람은 남궁 조장밖엔 없다고 보는데, 어떻게 생각하나요?"

"……."

남궁수가 뭐라 말을 하려다 입을 다물었다. 모용초연이 한 말이 매우 옳았기 때문이다.

그 모습을 본 곽태령이 내심 고개를 가로저었다.

'허허, 어쩐지 신무림맹으로 오기 전에 천룡영웅대에 침투시킨 봉황전의 아이들을 불러들이더라니…….'

모사의 세계!

곽태령 같은 검객에겐 불가해의 영역이다. 그리고 그건 그와 비슷한 냄새를 풍기는 눈앞의 남궁수 역시 마찬가지였다. 적어도 그는 그리 생각했다.

잠시 후,

폐허가 된 신무림맹을 뒤로하고 중경을 떠나던 송지하가 잠시 발걸음을 멈춰 세웠다.

품속에 두둑하게 들어가 있는 서신 한 통.

출발 전에 남궁수가 몰래 전해준 연서의 내용을 몰래 훔쳐 보고 싶은 생각이 굴뚝같았다. 평생 거의 본 적이 없는 상상의 여인이 엽자건을 진짜 어떻게 생각하고 있는지를 알고 싶었기 때문이다.

"쓰읍!"

송지하가 내심 쓴 입맛을 다셨다. 어느새 천천히 고개가 가로저어지고 있다. 서신을 보지 않아도 남궁수의 엽자건에 대한 마음 정도는 충분히 알 수 있었다. 굳이 확인 사살할 필요는 없다는 생각이 들었다.

그때 송지하의 그 같은 내심을 파악한 듯 소하가 염장을 확질렀다.

"억울하겠다! 분하겠다!"

"뭐가?"

"사부의 여자라 그 잘난 손기술도 부려보지 못하고 포기해야 하니 말이다."

"푸하핫!"

송지하가 한차례 헛웃음과 함께 소하의 이마에 강력한 군밤을 먹였다. 역시 손이 빠르다.

따악!

쪽박이 깨지는 격타음.

"악!"

새된 비명과 함께 이마를 양손으로 부여잡은 소하가 곧 잔뜩 성난 표정을 지어 보였다. 당장 달려들어서 송지하의 얼굴을 몽땅 쥐어뜯을 것 같은 기세다.

하지만 송지하는 태연자약할 뿐이다.

"찢어진 주둥이라고 함부로 입을 놀리는 게 아니다. 나는 아직 완전히 포기한 게 아니니까 말야."

"와, 완전히 포기한 게 아냐?"

"당연하지! 내가 본래 가장 좋아하는 게 중간에서 가로채기고, 그다음이 불륜이거든."

"서, 설마 그럼……."

"내가 봤을 때 아직 백의검후는 처녀야. 아직 사부님의 여자가 되지 않았다는 거지. 아직 하얀 눈자위와 허열이 들뜬 기색이 없는 얼굴 등만 봐도 알 수 있는 일이지. 그러니까……."

'그런 것도 연구했냐!'

내심 소하가 소리를 지르거나 말거나 송지하는 말을 계속 이어갔다. 어울리지 않게 논리정연한 이론을 주저리주저리 늘어놓은 것이다.

"…그런 점들을 종합해 볼 때 확실히 아직 나에겐 기회가 있어. 뭐, 그전에 이번 전쟁을 먼저 종식시켜야 할 테지만 말야."

"전쟁을 종식시키고 싶은 생각은 있는 거냐?"

"물론이지. 그래야 사부님한테 차분하게 무공을 전수받을 수 있지 않겠어?"

"지, 진짜로 소림사 제자가 되려고?"

"어. 이번에 봤더니, 천하에 두루 퍼진 소림사 제자가 무척 많더라구. 그러니까 육선문을 떠나서도 무사하려면 그 정도 배경쯤은 있는 것도 나쁘지 않겠어?"

"뭐, 그야… 아니, 안 돼! 안 돼!"

거의 송지하의 말에 절반쯤 넘어간 듯싶던 소하가 갑자기 펄쩍 뛰며 소리 질렀다. 뭔가 절박해 보이는 표정이 얼굴에 완연히 떠올라 있다.

"땡중 따위가 되어서 뭘 하려는 거야! 너처럼 색기 넘치고 여자 밝히는 녀석이……."

"나, 중 안 된다."

"…중, 안 해?"

"당연하지! 내가 왜 중을 하겠냐? 나는 그냥 소림사의 속가 제자로서 엽자건 사부의 무공만 쏙 뺏어 익힐 작정이다. 그래서 지금 이렇게 상상 급의 여자조차 포기한 채 충성하러 가는 거고 말야."

"하하!"

소하가 환하게 웃음을 터뜨렸다. 언제 절박한 표정을 지어 보였냐는 듯 아주 해맑아졌다.

그러자 다시 소하의 이마에 군밤을 먹여 그녀를 바닥에 주저앉게 만든 송지하가 묘한 표정이 되었다.

방금 전 했던 말과는 달리 엽자건을 만날 생각만으로 며칠

전부터 마음이 크게 들뜬 상태였다.

어째서인지는 모르나 그에게 다시 돌아갈 이유를 찾은 후 줄곧 그런 상태가 계속되고 있었다. 마치 헤어졌던 연인과의 재회 시 느끼는 설렘처럼 말이다.

당연히 그 같은 내심을 눈치 빠른 소하에게 들키고 싶을 리 만무했다. 그래서 엽자건을 찾아서 사천으로 향하는 동안 댈 수 있는 온갖 변명을 갖다 붙일 수밖에 없었다, 그녀뿐 아니라 자기 자신한테까지도.

'후우, 나도 이상해진 거 아닌가? 사부한테 꿀을 발라놓은 것도 아닐 텐데…….'

당최 이해할 수 없는 기분.

내심 고개를 가로저은 송지하가 한차례 어깨를 으쓱해 보이곤 다시 발걸음에 힘을 줬다. 지금은 일단 엽자건을 만나는 게 우선이란 판단을 내린 것이다.

"같이 가!"

"좀 천천히 가세요!"

자신만의 생각에 빠진 채 어느새 저 멀리 걸어가고 있는 송지하를 향해 소하와 연해월이 빽 소리를 질렀다. 그녀들의 경 공술로는 전력을 다한다 한들 그를 뒤쫓기가 결코 쉽지 않았기 때문이다.

흔들! 흔들!

그러나 송지하는 손만 흔들어 보일 뿐 탄력이 붙은 걸음을 늦출 생각 따윈 전혀 없어 보인다.

*   *   *

목령사귀의 보고를 듣고 있던 천기마야의 입가에 허탈함이 깃든 미소가 떠올랐다.

"허허, 과연 고소 모용 씨들은 제법이로구나. 당가와 신무림맹을 이용해 약화된 자신들의 입지를 다시 중원에 세우려는 줄로만 알았거늘……."

"광서의 계림은 본래 배교의 총단이 있던 곳입니다. 지금은 구정회의 땅이 되었으니, 포달랍궁의 대군을 끌어들여 싸우기엔 아주 이상적인 장소일 거라 사료됩니다."

"…물론이다. 게다가 계림에서 양삭으로 향하는 길목에는 수만 개나 되는 작은 봉우리들이 산재되어 있다. 전날 본 교와 구정회에서 피투성이 싸움을 벌이며 남겨놓은 무수히 많은 기관, 술법진 등과 함께 십면매복을 펼치기엔 이상적인 장소라 할 수 있을 것이다."

"문상 모용초연에게 과연 그만한 역량이 있겠습니까?"

"계림을 최종 승부처로 고른 안목과 간담만으로도 역량은 충분하다고 봐야 할 것이다. 물론 설마 노부와 마천이 거기에 끼어들게 될 줄은 꿈엔들 생각하지 못했을 테지만 말이다."

"배교 출신의 백마들에게 준비를 시키도록 하겠습니다. 아직 기관과 술법진 중 일부는 사용할 수 있을 테니까요."

"부탁하도록 하마. 그런데 네 몸의 상태가 더 나빠지지 않았느냐?"

천기마야의 말대로다.

그의 앞에 부복해 있는 목령사귀의 붕괴는 더욱 가속화되고 있었다. 불사나 다름없던 몸의 이곳저곳에 난 균열이 더욱 심해져서 이젠 뼈와 근육의 움직임이 고스란히 보일 지경이었다.

그러나 목령사귀는 여전했다. 감정을 드러내지 않은 채 기괴한 눈빛만을 번뜩일 뿐이다.

"아직 괜찮습니다. 계림에서 포달랍궁과 신무림맹이 동귀어진할 때까진 충분히 버틸 수 있을 겁니다."

"그래야겠지. 그래야 네놈을 구하고 죽은 어미도 편히 눈을 감을 수 있지 않겠느냐?"

"예, 아버님."

짤막한 대답과 함께 목령사귀가 다시 고개를 숙여 보이곤 신형을 돌려세웠다.

급변하기 시작한 정세!

그 속에서 천기마야의 오른팔이자 하나밖에 없는 아들인 목령사귀는 더욱 바빠져야만 했다. 그 자신의 목숨이 다하기 전에 배교를 멸망시킨 구정회와 중원무림에 복수하고, 부친이자 교주인 천기마야를 무림지존으로 만들어야 했기 때문이다.

슥!

목령사귀가 시야 속에서 사라지자 천기마야의 현묘로운 두 눈에 섬뜩한 귀기가 어렸다. 수백 리나 되는 계림 전체가 불타오르던 광경을 떠올린 순간 심중에서 강렬한 살기가 치솟아올랐다. 어느 누구한테도 내보인 적이 없는 마음의 동요와 함께.

하지만 잠시뿐이었다.

곧 천기마야는 평상시의 신색을 회복했다. 수중에 들린 학우선으로 얼굴의 반면을 가린 채 제갈무후의 현신이나 다름없는 모습이 된 것이다.

* * *

광포한 소야차 육로!

그 뒤를 잇는 대야차 육로와 음수 육로, 배곤 삼로 무정세, 그리고 마지막으로 천사 일로 무정세가 하나로 합쳐진 순간이었다.

쿠오오오오오!

삼절마곤과 하나가 된 엽자건의 몸 주변에서 거대한 용권풍이 형성되었다.

대자연의 신위?

그런 것보다는 조금 더 어둡다. 발밑에 나뒹굴고 있던 돌과 바람이 뒤섞인 황색의 폭풍 속에 검은색 기류가 넘실거리고 있었다.

독기다.

전날 암도묵검에 당한 후 일시 엽자건을 독중독인으로 만든 저주독과 암혈독이 포함된 절대지독의 발현이었다. 포달랍궁의 본진을 박살 낼 때 쏟아낼 만큼 쏟아내고 비울 만큼 비웠다 생각했는데 착각이었다. 잠시 기세가 누그러들었을 뿐 여전히 몸속에 몰래 숨은 채 부활을 꿈꾸고 있었다.

물론 폭주나 다름없던 당시와는 사정이 다르다.

현재 이종의 독기가 결합된 절대지독은 철저하게 세수역근경에 제어되고 있었다. 그전에 하나로 융합된 새외칠마의 칠종진기와 동일한 길을 천천히 걸어가고 있었다. 세수역근경의 놀라운 공효라 아니할 수 없는 일이었다.

단! 그런 식으로 본래의 팔종진기를 구종진기, 혹은 십종진기로 만드는 건 엽자건이 바라지 않는 바였다. 전혀 그런 일을 꿈꾸지 않았다. 다시 독중독인이 되어 주변의 모든 걸 쓸어버리는 마물이 되고 싶지 않았기 때문이다.

'게다가 근래 나는 내공이 너무 늘어버렸다. 내 단전의 크기를 월등히 상회해 버리는 지경에 이르렀어. 만약 이런 식으로 계속 가다가는 주화입마에 빠져서 폐인이 되는 건 시간문제일지도 모른다. 자금성에서 봤던 황제와 곤왕 선배님과 같

은 경지를 경험할 수 없음은 물론이고.'

내공의 상승!

본래 꽤나 좋은 일이다.

일시 단전의 크기를 넘어설 만큼 폭발적으로 증폭된 게 문제긴 하나 역시 시간문제였다. 그릇이 넘친다면 그 그릇의 크기를 키우는 방법도 존재하는 까닭이다. 세수역근경은 충분히 그럴 만한 힘이 있으니까.

하지만 엽자건은 그러고 싶지 않았다.

내공을 담는 그릇인 단전의 크기를 키우고 싶지 않았다. 더 많은 내공을 원치 않았다. 그런 식으로는 결코 가정제와 곤왕 유대유가 살짝 보여줬던 대자연기의 세계에 들어설 수 없다는 본능적인 판단 때문이었다.

한마디로 배부른 자의 투정!

엽자건이 지금 하는 짓이었다. 천하의 무수히 많은 무림인들이 일제히 치를 떨고 욕을 해댈 만한 만행을 그는 서슴없이 저지르고 있었다. 대자연기의 세계에 발을 들여놓기 위해 넘쳐 나는 내공을 죄다 밖으로 쏟아내어 버렸다. 극도의 허탈 상태 속에서 무언가 깨달음의 한 조각 빛을 찾으려 했다.

그 결과는 어떠할까?

슥!

내심의 중얼거림과 함께 엽자건이 삼절마곤을 천천히 밑으로 내려뜨렸다. 방금 전 주변의 대지를 완벽하리만치 초토화시킨 흉기를 거둬들인 것이다.

그리고 입가에 매달린 작은 한숨 하나.

"후우, 어렵구만. 살짝 실마리는 잡은 것 같은데, 생각만큼 쉽지가 않아. 역시 꾸준하게 오호란에 집중하는 수밖엔 없는 걸 테지?"

그렇다.

엽자건이 넘쳐 나는 내공을 포기하고 선택한 건 바로 이 낡고 지긋지긋한 무공이었다. 사부 보종이 여태까지 눈을 못 감고 있는 이유였다. 소림사의 곤종 모두가 애타게 갈구하는 전대의 영광이었다.

단! 엽자건은 내심 한동안 이 오호란을 무시하고 있었다. 애써 외면해 왔다. 낡아빠진 옛것에 집착하기보다는 사부 보종이 전장을 전전하며 만들어낸 오호파천곤으로 소림사가 잃어버린 곤법천종(棍法天宗)의 지위를 되찾고 싶었기 때문이다.

그런데 곤왕 유대유를 만난 후 사정이 달라졌다. 마음이 완전히 바뀌고 말았다.

그가 이룩한 대자연기에 매료된 때문만은 아니다.

그가 전해준 소림곤법총요를 묵묵히 살피던 중 얻은 깨달음이 원인이었다. 여태까지 사부 보종과 엽자건 자신이 완전한 착각 속에 빠져 있었음을 알아낸 까닭이었다.

오호파천곤의 기본!

결코 소림곤법총요에 담겨져 있던 내용과 다르지 않다. 중간중간 변식의 화려함이나 기묘함은 차이가 나나 기본이 완전히 같았다. 전혀 새롭지가 않았다. 모두 고스란히 수록되어져 있었다.

하지만 그 속에 담겨진 평범한 무리(武理).

얼핏 사부 보종의 가르침에서 벗어난 것이 없어 보이나 그 속을 들여다보면 사정이 조금 달라진다.

소림주교 이곤천하평정(少林主教 以棍天下平定:소림의 곤술이 천하를 평정하다)!

그냥 상징적인 어귀라 여겼던 이 단순한 요결.

그것이야말로 진정 오호란의 핵심이었다. 기본 중의 기본인 일타일게와 개개의 초식들과 연계되어 평범한 오호파천곤의 초식을 하나로 단단히 묶어냈다. 각기 다른 움직임을 보이던 형과 식들을 거대한 하나로 만들어낸 것이다.

'뭐, 일단은 그렇게밖엔 생각되지 않는다는 게 진짜 내 본심이라고 할 수 있을 테지만······.'

연무의 끝과 동시에 심상수련의 일환으로 오호란에 대한 사유를 점차 확장해 가던 엽자건의 눈에 이채가 어렸다. 연무 중에는 절대 접근하지 말란 그의 명령을 환월이 어긴 까닭이다. 그녀는 이미 근접 거리에 다가든 상태였다.

'…문제가 생겼군. 청성파 쪽인가?'

엽자건의 사유가 순식간에 오호란을 버리고 본연의 상태로 이동했다. 무(武)의 구도자가 아니라 냉철한 병법자의 모습으로 말이다.

스슥!

환월이 도착과 함께 부복한 채 말했다. 평상시와 달리 조금 목소리가 높다.

"주인의 예상대로 청성파가 무너졌습니다."

"몰살을 당한 건 아닐 테지?"

"그렇진 않습니다만……."

"그럼 됐다. 명색이 구대문파의 일좌야. 몰살을 당한 게 아니라면 후일 충분히 재기할 수 있을 거다. 그보단 포달랍궁의 이후 움직임에 대해 말해봐."

"…예, 포달랍궁은 곧바로 청성산을 떠났습니다. 다음 목적지는 중경인 것 같습니다."

"당연하겠지. 청성파를 끝으로 운남에 이어 사천까지 쓸어버린 셈이니 곧바로 신무림맹을 향해 치고 나가는 게 정석. 하지만 신무림맹에는 이미 심각한 문제가 발생했을지도 모르겠군."

"그게 무슨?"

"구룡의 삼 개 군단이 몰살당한 시점에서 신무림맹은 곧바로 움직였어야만 해. 최소한 청성파와 당가의 잔존 세력이 고립되어 각개격파를 당하기 전에 말야. 그런데 신무림맹은 그들을 완전히 포기해 버렸어. 마치 중경까지 포달랍궁의 정예를 끌어들여서 옥쇄라도 하려는 것처럼 말야. 으음, 아니다. 그런 게 아니야."

"……"

딱히 환월을 위한 설명이 아니었다.

엽자건은 그녀에게 말을 하면서 점차 현 사천무림의 전황과 급변하는 정세를 정리해 가고 있었다. 몇 가지 가정과 예측을 던져 놓고 확률 낮은 것들을 하나하나 제거해 나가는 방법으로 정보의 부족함을 메우려 했다.

그러자 곧 한 가지 생각이 떠올랐다. 가능성이다. 하지만 꽤나 확률이 높았다.

'그래, 어쩌면 신무림맹은 이미 포달랍궁의 결사대에 의해 기습전을 당했을 가능성이 있겠군. 그 외엔 그 여우 같은 모용 문상이 여태까지 아무런 움직임을 보이지 않은 이유를 찾을 수 없으니까.'

내심 생각을 정리한 엽자건이 환월에게 싱긋 웃어 보였다. 문득 자신에게 지나치게 집중해 눈이 동그래져 있는 모습이 꽤나 귀엽다는 생각이 들었다.

"환월, 지금 당장 십방걸개를 소집해 줘."

"예, 그리고 주모님한테 가보겠습니다."

"아니, 그건 됐어. 내가 직접 가보면 되니까."

"……."

환월이 잠시 엽자건을 바라보다 얼른 고개를 숙여 보이곤
신형을 날렸다. 여전히 백치 상태인 감요진을 챙기는 그의 모
습에 문득 가슴 한구석이 아파온 까닭이다.

잠시 후,

근래 부상이 꽤 호전된 이염이 지키고 있는 마차에 이른 엽
자건이 씩하고 웃어 보였다.

부친 철담협개의 죽음을 전해 듣고 의기소침해 있던 그가
감요진을 호위하는 역할을 자청한 후 눈에 띌 만큼 표정이 밝
아졌다. 감요진 역시 그 무서운 얼굴에 특별히 역감을 드러내
진 않았고 말이다.

"부! 부우!"

양 볼을 부풀린 채 이염이 만들어준 바람개비를 불고 있는
감요진의 모습은 지극히 평화스러워 보였다. 재회 당시 엽자
건의 곁에 찰싹 달라붙어 절대 떨어지지 않으려 하던 모습과
비교하면 아예 사람 자체가 바뀐 것 같다.

'환월과 이 호법님한테 고마워해야겠군. 두 사람 덕분에
요진이 많이 안정되었으니까.'

내심 고개를 끄덕여 보인 엽자건이 천천히 두 사람에게 다
가들었다. 그러자 어느새 귀신같이 엽자건을 향해 눈을 돌린
감요진의 입가에 맑은 미소가 어린다.

"자건! 자건!"

"요진, 이 호법님 말 잘 듣고 얌전히 놀았어?"

"으응."

감요진이 얼른 고개를 끄덕여 보였다. 그러면서도 은근슬쩍 이염의 눈치를 살피는 게 방금 전의 평화가 그리 쉽기만 했던 건 아닌 것 같다.

이염이 말했다.

"무슨 일이 생긴 건가?"

"청성파가 당했습니다."

"그렇군."

이염이 침중한 표정이 되었다. 그러나 그는 곧 어깨를 추어 보였다. 부친 철담협개의 죽음을 전해 들은 이후 어떤 일이든 대수롭지 않게 여기게 된 까닭이다.

"그럼 다음은 신무림맹이겠군? 곧바로 중경에 달려갈 작정인가?"

"그게 쉽지 않군요."

"쉽지 않다?"

험악해지려는 이염의 표정을 살핀 엽자건이 말을 이었다.

"어쩌면 신무림맹 역시 이미 포달랍궁의 기습전에 당했을 가능성이 있습니다."

"청성파와 당가의 잔존 세력을 치면서 동시에 신무림맹까지 박살 냈단 말인가?"

"박살까지는 아니더라도 상당한 타격을 입혔을 거라 생각됩니다."

"확실한가?"

"그걸 지금부터 알아봐야 할 것 같습니다. 그래서 이 호법님을 찾아온 것이고요."

"……."

이염이 입을 다물었다. 인상 역시 아주 험악해졌다. 엽자건이 지금부터 하려는 말을 대충 짐작할 수 있었기 때문이다.

엽자건이 말했다.

"죄송하지만 이 호법님은 잠시 부근의 관부에 몸을 숨기셔야겠습니다."

"관부에? 내가?"

"예, 제게는 연평 왕야께서 내려주신 신패가 있습니다. 관부에서 요양을 하시는 데 큰 지장은 없을 겁니다."

"그럼 감 소저는 데려가겠다는 건가?"

"요진은… 반드시 동행을 해야만 합니다. 포달랍궁과의 전면전이 벌어질 시 그녀는 반드시 필요한 존재니까요."

"크핫!"

이염이 분노 어린 표정으로 소리를 질렀다. 자신이 백치가 된 감요진보다도 못한 존재로 치부되자 속이 확 뒤집어진 것이다. 미칠 듯 울화가 치밀어 올랐다.

그러나 엽자건은 단호했다. 슬그머니 놀란 표정이 된 감요진을 끌어당겨 머리를 쓰다듬어 준 그가 냉정하게 설명했다.

"요진은 무고하게 대법대불왕에게 정신 금제를 당한 정파 고수들의 생명을 구하는 데 반드시 필요한 존재입니다. 대법 대불왕의 제자로 환몽사안의 경지가 아주 높으니까요."

"그러나 그녀는……."

"차차 나아지리라 봅니다. 근래 이미 차도를 보이기 시작 했고요."

"……."

'그래서 이 호법님 이하 모든 사람들이 지금 그녀를 무척 이나 사랑하고 있는 겁니다. 은연중 환몽사안의 매혹에 걸려 든 것이지요.'

엽자건은 굳이 뒷얘기를 끄집어내지 않았다. 그냥 속으로 삼켰다. 대법대불왕과 포달랍궁에 강한 증오심을 품은 이염 의 속을 다시 뒤집어놓고 싶지 않았기 때문이다.

그때 엽자건의 품에 포옥 안겨 있던 감요진이 하얀 손을 내 밀어 이염의 뺨을 슬슬 어루만졌다. 그의 두 눈이 분노의 끝 에 슬픔을 담은 것과 동시의 일이었다.

"호오! 호오오!"

'날 위로해 주는 거냐? 나 같은 놈을…….'

자신을 향해 어린애가 상처 부위에 하듯 숨결을 불어넣는 감요진을 힐끗 바라본 이염이 내심 감격했다. 감요진의 천진 무구한 모습에 막혔던 가슴 한구석이 뻥 뚫리는 듯한 감정을 맛본 것이다.

"하아아!"

한차례 긴 한숨과 함께 마음속의 비분을 털어버린 이염이 진지한 기색이 되었다. 부친인 철담협개에게 들은 후 마음속 깊숙한 곳에 숨겨놨던 얘기를 엽자건에게 털어놓을 때가 되었다는 판단이다.

"엽 무상, 진짜 신무림맹에 이미 심각한 문제가 생겼다고 생각하나?"

"예."

"그럼… 중경이 아니라 광서로 가게."

"광서성(廣西省)을 말하시는 겁니까?"

"그래. 아버님께서는 만약 자신과 신무림맹에 심각한 문제가 생기면 이번 대전의 최종 결전지는 반드시 광서의 계림이 되어야 한다고 하셨다네."

"광서대항쟁(廣西大抗爭)?"

"아는가?"

"사부님께 얘기만 들었습니다. 전날 정파 무림을 아비규환으로 만들었던 배교와 구정회가 중심이 된 정파연합군과의 대혈전이 벌어진 장소가 계림이었다고."

"사실 그곳은 배교의 근거지였다네. 그래서 그 토벌전 때 엄청난 숫자의 정파 군웅들이 목숨을 잃었다고 하더군."

"그렇다면 아직 그곳에는 배교와 정파 군웅들의 대결 시의

잔재가 남아 있겠군요?'

"아버님께서는 그리 말씀하셨다네. 그리고 거기엔 한 가지 이유가 더 있는데……."

"강북으로 대전을 확전시키지 않기 위함일 테지요. 강남이 여전히 왜구로 인해 어지럽고 산해관 밖에서 후금 세력이 장성을 넘을 기회만 엿보고 있는 이때에 강북에서 대전을 벌일 수는 없을 테니까요."

"…뭐, 그런 거지. 하지만 그래도 자네는 누군가를 중경으로 보낼 작정일 테지?'

"물론입니다. 일단 천룡영웅대의 안위부터 확인해야만 하니까요."

"천룡영웅대……."

이염이 나직한 중얼거림과 함께 안색을 가볍게 굳혔다. 문득 자신보다 월등히 많은 짐을 어깨에 짊어진 엽자건의 입장을 떠올린 까닭이다.

그때 환월과 십방걸개들이 일제히 모습을 드러냈다.

이미 완전무장한 상태!

정보를 다루는 개방의 제자들답게 상황 파악이 꽤나 빠르다. 철담협개에게 물려받은 드높은 협기만큼이나.

第百七章

금낭지계(金囊之計)

少林
棍王
소림곤왕

연평 왕야의 의제이자 신무림맹의 무상인 나 엽자건이
정식으로 하오문 전체에 청부하노니……

스윽!

천천히 신형을 돌려세운 엽자건을 향해 십방걸개의 수좌
인 취풍개가 빠른 걸음으로 다가들었다. 침중한 안색과 달리
눈빛에는 강력한 의지가 깃들어 있다.

"청성파가 무너졌다는 소식은 들었소이다. 이제부터 우리
는 곧바로 중경으로 향하는 것입니까?"

"취풍개 형님, 아닙니다. 지금부터 우리는 유격전에 들어
갑니다."

"유격전이라면……."

"신무림맹 쪽에 이상이 발생한 것 같습니다. 정확한 정보

를 얻기 전까지 우리는 포달랍궁의 발목을 잡는 역할을 수행할 것입니다."

"엽 무상, 이미 청성파와 당가주가 이끄는 정예군이 박살났소이다. 우리끼리 어떻게 포달랍궁과 대법대불왕을 제압할 수는 있겠소이까?"

"제압하지 않습니다."

"그럼?"

"우리는 말 그대로 유격전으로 시간을 끌 뿐입니다. 지휘는 제가 할 것이고요."

단호한 말과 함께 엽자건이 안색을 굳혔다. 전장에서 군을 지휘할 때의 모습이 된 것이다.

"뭐, 나와 형제들이야 무조건 엽 무상을 따르겠지만……."

"일단 취풍개 형님께서는 개방도 몇 명을 데리고 중경으로 가주십시오."

"나만?"

"취풍개 형님께서 고생해 주셔야겠습니다. 지금 신무림맹이 어떤 상황에 빠져 있는지를 파악하는 게 최우선이니까요. 그리고 만약 그곳에서 천룡영웅대와 합류하지 못할 시엔 반드시 하오문과 접촉해서 광서까지의 연락망을 구축해 주셔야 합니다. 적당히 유격전을 펼치다 형님들과 함께 계림으로 도주할 작정이니까요."

"반드시 그래야만 하는 것이오?"

"물론입니다. 현재 사천 일대의 개방 세력은 거의 괴멸된 것이나 다름없으니까요."

"끄응!"

취풍개의 입에서 앓는 소리가 흘러나왔다. 정보계의 빛과 어둠이라 할 수 있는 개방과 하오문의 관계는 견원지간 그 이상이었다. 역사상 비슷한 목적을 가지고 부딪칠 때가 매우 많았기 때문이다.

하지만 그렇기에 개방만큼 하오문을 잘 아는 정파 세력 또한 존재하지 않았다. 그 점을 정확하게 파악한 엽자건의 명령에 불만스럽지만 따르지 않을 도리가 없었다.

그렇게 취풍개에게 확답을 받아낸 엽자건이 다른 십방걸개와 개방도 전원을 모이게 한 후 명령했다. 표정이 어느 때보다 맑고 강하다.

"지금부터 진짜 대전의 시작입니다! 여러 걸개 형님들께서는 각기 인원 장비 파악에 만전을 기해주십시오! 유격전의 생명은 속도전이니 뒤에 처지는 분은 버릴 수밖에 없습니다!"

"죽을 각오로 엽 무상을 따르겠습니다!"

"죽을 각오로 엽 무상을 따르겠습니다!"

엽자건이 한차례 고개를 끄덕인 후 다시 목청을 높였다.

"좋습니다. 사즉생(死卽生), 생즉사(生卽死)라 했습니다! 화끈하게 포달랍궁과 대법대불왕을 어루만져 준 후 퇴각전을 펼칠 작정이니 죽기 살기로 따라오도록 하십시오!"

"명을 받들겠습니다!"

"명을 받들겠습니다!"

연달아 소리를 지른 십방걸개와 개방도들이 자발적으로 바닥에 부복한 채 복명했다. 경애하는 방주 철담협개의 복수를 위해 초개같이 목숨을 바칠 각오를 되새긴 채로.

*   *   *

자신의 앞에 부복해 있는 냉고성을 바라보는 대법대불왕의 금안이 강한 기운을 발했다.

구룡을 떠난 지난 한 달여간 그는 엄청난 전과를 이뤘다.

사천 삼강 중 하나인 청성파를 정리하고, 당가주 독암귀수 당기정이 이끄는 당가 잔당을 깨끗하게 정리했다. 중경에 있는 신무림맹을 제외한 대부분의 사천 무림 세력을 일소한 것이다.

욱일승천의 기세!

이제 더 이상 눈치 볼 것이 없었다. 머뭇거릴 이유 역시 없었다. 호호탕탕한 기세로 중경으로 진격해 들어가서 신무림맹에 남은 잔당들을 모조리 정리하면 될 터였다.

'그런데 이젠 그럴 이유 역시 없어졌다는 건가? 하지만 의외로군. 독존 당무양 정도 되는 거물이 이리 허망하게 목숨을 잃었다니 말야.'

따악!

내심의 중얼거림과 함께 대법대불왕이 손가락을 튕기자 냉고성이 가져온 관의 뚜껑이 하늘로 날아올랐다. 직접 당무양의 시체를 확인하기 위함이었다.

"과연, 독존이로군!"

"물론입니다. 그를 제거하기 위해 제 휘하의 잔혹마검대오 할가량이 목숨을 바쳐야만 했습니다."

"오백의 목숨을 바쳐야만 했다? 하핫, 중원무림의 맹주에게 꽤나 성대한 잔치를 벌여줬다고 봐도 되겠구나!"

"오로지 법왕께 바치는 제 충성심이라 봐주십시오!"

냉고성이 관 안에 시체가 된 채 누워 있는 독존 당무양을 보고 대소를 터뜨린 대법대불왕에게 아부하며 고개를 숙여 보였다. 후금의 황실에 속해 있던 그는 대공을 세운 후 몸을 낮추면 낮출수록 군주가 내리는 상이 커진다는 걸 누구보다 잘 알고 있었던 것이다.

그러나 여기는 무림이었다.

파슷!

일순 대소를 멈춘 대법대불왕의 수장이 금빛 광채를 담은 채 냉고성의 머리 위로 떨어져 내렸다. 최대한 고개를 낮추고 있던 그로선 결코 피할 수 없는 일격!

"헉!"

냉고성의 입이 크게 벌어졌다. 단숨에 천령혈을 통해 송곳처럼 파고들어 온 한줄기 뇌전 같은 기운에 머리 속이 확 뒤집어져 버리고 말았다.

그리고 변화를 보이기 시작한 그의 육신!

뚜둑!

우두두두두두둑!

순간적으로 냉고성의 전신에서 기음이 마구 터져 나오더니 몸 전체가 극심한 변화를 보이기 시작했다. 대법대불왕이 천령혈로부터 뽑아 들인 막대한 양의 진기로 인해 역환골탈태(逆換骨脫胎)가 이뤄지기 시작한 까닭이었다.

결과는 참혹했다.

냉고성의 육신은 단숨에 전날 대법대불왕에 의해 환골탈태를 이뤘던 이전으로 되돌아갔다.

내공이 확 줄더니 준수하던 얼굴에는 검버섯이 피어나고 신비롭던 금안 역시 빛을 잃었다. 그리고 새카맣던 머리카락까지 반백으로 변해 버리자 어지간한 냉고성일지라도 정신을 제대로 유지하기가 쉽지 않았다.

풀썩!

결국 냉고성이 흙바닥에 얼굴을 깊숙이 파묻었다. 강제적으로 내공의 절반 이상이 방전되며 지독스런 허탈 상태에 빠져 버리고 만 것이다.

그러나 달리 새외칠마 중 일좌가 아니다.

이를 악물고 정신적인 충격에서 벗어난 냉고성이 힘겹게

고개를 들어 대법대불왕을 올려다봤다.

원망과 불신의 눈빛.

그러나 어느새 냉고성의 천령혈에서 손을 떼고 물러난 대법대불왕의 표정은 변한 것이 없다. 여전히 태연자약한 게 마치 냉고성에게 벌어진 일 중 어떤 것도 관련이 없는 듯하다.

대법대불왕이 말했다.

"화낼 것 없다. 네가 대공을 세웠기에 선물을 준 것이니까."

"서, 선물?"

"그래, 선물이다. 일 년밖엔 남지 않았던 네 녀석의 수명을 본래대로 되돌려 준 것이니까."

"……."

냉고성 또한 무학의 대가이다. 대법대불왕의 말을 듣는 순간 확연히 깨닫는 바가 있었다.

'내 무공의 변화는 일종의 마공이었구나! 진원지기와 잠능을 폭발시켜서 일시적으로 초인적인 내공을 얻는 종류의 마공! 하지만 어떻게 몇 년에 걸쳐서 그런 일을 가능케 할 수 있단 말인가!'

냉고성의 의혹을 대법대불왕이 풀어줬다.

"그리 놀라워할 것 없다. 네 녀석에게 본왕은 주기적으로 격체전력의 방법을 사용했을 뿐이니까."

"그럼 중간에 제가 배신을 했으면……."

"곧 온몸의 진기가 격발되어 주화입마에 빠지고 마음껏 미쳐 날뛰다가 비참하게 죽었겠지. 하지만 이젠 염려하지 말아라. 본왕이 네 몸을 본래대로 되돌려 놨으니까. 그리고 앞으로도 계속 충성을 한다면 본왕의 광세절학을 아낌없이 전수해 줄 것이다. 진짜 절대지경에 올라 환골탈태를 할 수 있게 되는 것이지."

"……"

냉고성은 심중 깊숙한 곳에서 치밀어 오르는 살기를 억누르느라 전심전력을 다해야만 했다. 이런 곳에서 개죽음을 당할 순 없었기 때문이다.

그때 그런 그의 내심을 아는지 모르는지 대법대불왕이 다시 속을 확 뒤집어놓는 말을 했다.

"그리고 곧바로 이런 말을 하긴 미안하지만, 지금부터 너는 후방의 별동대를 맡아줘야겠다. 네가 없는 동안 본진이 털려서 요진이 녀석이 납치당했거든."

"그게 무슨!"

냉고성이 벌떡 일어섰다. 언제 내공 허탈 상태에 빠졌냐는 듯 두 눈에선 불꽃같은 기운이 넘실거린다. 심부 깊숙한 곳에 억지로 눌러놨던 살기가 미칠 듯 치솟아오른 까닭이다.

대법대불왕은 개의치 않았다.

"성질부릴 것 없어. 그때 요진이 애미와 본왕의 제자들도 떼거리로 몰살당했으니까."

"어떤 자가 감히 그런 짓을……."

"짐작 가는 자가 있을 텐데?"

"…파군성 엽자건!"

"그래, 그놈이 지금 아주 골칫거리야. 청성산을 내려온 이후부터 줄곧 후방을 교란해서 중경으로의 진격을 늦추고 있어. 제법 병법에 밝아서 쉽사리 뒤가 밟히지도 않고 말야. 그러니 지금부터 네가 그놈을 맡도록 해."

"그렇게 엽자건을 죽이고 감 소저를 되찾으면……."

"네게 주도록 하지. 어차피 중원을 제패한 후 후계자도 정해놔야 할 테니까."

대법대불왕이 말을 끝낸 후 내심 차갑게 미소 지었다. 끝까지 자신에게 북혈단주와의 관계를 털어놓지 않은 냉고성에 대한 믿음을 단번에 거둬 버린 것이다.

그러나 냉고성은 개의치 않았다.

그는 본래의 신색을 되찾은 얼굴 가득 음침한 기운을 담은 채 엽자건에 대한 증오심과 질투심으로 스스로를 불태우고 있었다. 냉철하던 과거의 모습 따윈 이미 조금치도 남아 있지 않았다.

*　　　　*　　　　*

밤.

언제나와 같이 엽자건이 이끄는 별동대의 야영지는 고요 속에 어둠을 맞이하고 있었다.

취풍개 일행과 헤어진 후 십수 일.

엽자건이 선언했던 것처럼 끊임없는 치고 빠지기 전법으로 포달랍궁의 배후를 괴롭힌 별동대의 사기는 드높았다. 철저한 기습전으로 후방 교란과 병참선 파괴에만 집중한 탓에 달콤한 과실만을 맛봐왔기 때문이다.

─잘 먹고, 잘 자고, 잘 공격하고, 잘 도주한다!

엽자건이 한 약속은 확실하게 지켜지고 있었다. 단 한 명의 사망자도 없었고, 중상자 한 명 발생하지 않았다. 철저한 전술과 세심한 관리 속에 확실하게 포달랍궁 주력의 이동 속도를 늦춰가고 있었다.

하지만 엽자건은 슬슬 한계라 여기고 있었다. 포달랍궁의 대응이 점차 날카로워지고 공격적으로 변해가고 있었기 때문이다. 곧 달콤한 과실은 악취 나는 독기를 뿜어내게 될 터였다.

'슬슬 취풍개 형님한테 연락이 와야 할 텐데……'

야영지의 한편.

작은 모닥불 앞에 엉덩이를 붙이고 앉아 밤하늘을 바라보고 있던 엽자건이 문득 입을 열었다.

"환월."

"예, 주인님."

밤의 장막 속에서 환월이 불쑥 모습을 드러냈다. 부복해 있는 모습만으로도 여태까지 엽자건의 곁을 줄곧 지키고 있었음을 짐작케 한다.

그러나 엽자건은 그녀를 돌아보지 않았다. 여전히 시선을 야천 쪽에 고정시킨 채 말을 이었다.

"요진은 잠들었겠지?"

"예, 한 식경쯤 전에 주모께서 잠드시는 걸 확인하고 왔습니다."

"고맙다. 항상 네게는 신세만 지는구나."

"아닙니다. 저야말로 주인님께 너무 많은 폐를 끼쳤습니다. 구룡에서만 해도……."

"그 일은 더 이상 끄집어내지 말라고 했다."

"…예."

환월이 대답과 함께 고개를 숙여 보였다. 엽자건에 대한 고마움에 얼핏 두 눈이 붉어지려 하고 있었다.

그때 엽자건이 화제를 바꿨다.

"대법대불왕은 계속 사천 일대 무림인들을 환몽사안으로 끌어들이고 있겠지?"

"예, 이미 숫자가 이만 명을 훌쩍 넘어서고 있습니다. 이 추세면 중경에 도착할 때쯤엔 삼사만 명에 육박할 수도 있을 것 같습니다."

"그렇게까진 되지 않을 거야. 대법대불왕이 포달랍궁에서 데려온 라마승들의 숫자는 일천이 채 되지 않아서 그만한 숫자까지 관리하기란 쉽지 않은 일이거든. 그나마 요 근래 계속 우리에게 후방 교란을 당하며 라마승의 숫자도 몇 백 명가량은 줄어들었고 말야."

"그리고 병참선이 연달아 끊긴 것도 문제가 될 거라 생각합니다. 환몽사안으로 포섭된 무림인들은 강시가 아니니까요."

"거기까지 생각했던 건가?"

"주인님의 의중이 어떠신지 생각하다 알게 된 사실입니다."

"그렇군."

엽자건이 미미하게 고개를 끄덕여 보였다. 환월에게 자신의 심사를 읽힌 것이 꽤나 마음에 든 것 같다.

그때 환월이 조심스레 말했다.

"근래 후방 교란이 힘들어지고 있습니다."

"대법대불왕이 사냥개를 풀어놓았더군."

"꽤 훌륭한 사냥개입니다. 이대로 가다가는 꼬리를 밟힐 가능성이 높습니다."

"그렇겠지. 대충 예상했던 일이야."

"그럼……."

"아직은 안 돼. 취풍개의 확답을 받기 전까진 함부로 움직일 수 없어."

"…내일부터는 좀 더 기습전과 퇴각전 시 만전을 기하도록 하겠습니다."

"부탁하도록 하지. 응?"

엽자건의 시선이 처음으로 야천을 벗어났다. 은은하게 빛나는 안광이 거의 수백 장이나 떨어진 동쪽의 숲 속을 향한 것이다. 근래 갈수록 범위를 넓혀가고 있던 기감이 몇 개의 심상찮은 움직임을 간파해 낸 까닭이다.

슥!

엽자건이 신형을 가볍게 일으켜 세우자 환월의 눈빛이 긴장으로 굳어졌다.

"주인님……."

엽자건이 고개를 가로저었다. 처음으로 시선이 그녀를 향한다.

"잠시 산책 좀 하다 오지."

"주모님께 가 있도록 하겠습니다."

"고마워."

진심을 담은 한마디와 함께 엽자건이 동쪽 하늘을 향해 신형을 뽑아 올렸다. 대충 짐작이 가는 게 있다. 하지만 일단 확인 작업은 해야 할 터였다.

스슥!

느닷없이 하늘 위에서 떨어져 내린 엽자건을 향해 광적인 환호성이 터져 나왔다.

"사부님!"

"엽 상공!"

"이 자식, 어디서 뭐 하다가 이제야 나타난 거얏!"

각기 개성이 물씬 넘치는 환호성을 터뜨린 일남이녀를 향해 엽자건이 피식 웃어 보였다.

"꽤 반갑군. 얼마나 주변을 헤맨 거지?"

"이틀은 족히 헤맸습니다."

"이틀이나 됐어? 여태까지 그런 말 따윈 하지 않았잖아!"

송지하의 대답에 소하가 왈칵 화를 냈다. 미로나 다름없는 숲 속을 헤매는 중 시간의 흐름을 송지하가 살짝 속인 게 분명하다.

하지만 송지하는 전혀 미안해하지 않았다. 그녀 쪽은 쳐다도 보지 않고 엽자건에게 확인하듯 말했다.

"사부님께서 주변 숲을 손보신 겁니까?"

"환월의 도움을 많이 받았지. 부상국의 방식이 많이 들어갔으니 지하 너라도 뚫기가 쉽지는 않았을 거다."

"어쩐지!"

송지하가 손바닥을 찰싹 때리곤 곧 진지한 표정이 되었다.

"사부님, 신무림맹이 적도들의 난입으로 몽땅 불타고, 독존 당무양 선배님은 행방불명되셨습니다."

"모용 문상은?"

"강남신검호 곽태령 선배님의 호위 속에 무사합니다. 구정회인가 뭔가 하는 세력이 간여한 것 같더군요."

"그럼 지금쯤 모용 문상은 신무림맹의 잔존 세력과 천룡영웅대를 이끌고 광서로 향하고 있겠군?"

"엇!"

"헤엑!"

놀라서 소리를 지른 건 송지하뿐이 아니었다. 계속 엽자건 앞에서 알짱거리고 있던 소하 역시 눈이 동그랗게 변했다. 설마하니 엽자건에게서 이런 얘기를 들으리라곤 꿈에도 예상치 못했기 때문이다.

엽자건이 미미하게 고개를 끄덕였다.

"과연 그렇군."

소하가 엽자건에게 바짝 얼굴을 들이밀며 소리치듯 말했다.

"어째서 그런 걸 알고 있는 거야? 설마 모용 문상에게 따로 연락이라도 받은 거냐?"

"그랬다면 벌써 광서로 향했겠지."

"그럼 어떻게?"

송지하가 대신 답했다.

"사부님은 광서대항쟁에 대해 알고 계셨던 것이다."

"광서대항쟁?"

"구정회가 주축이 된 정파연합군이 배교의 총본산인 계림에서 벌인 끔찍한 혈전을 말하는 거다. 모용 문상이 신무림맹의 명운을 걸고 광서로 향한 건 정파의 최상층부와 미리 어느 정도 교감을 나눴기 때문이 아니겠냐? 사부님, 제 예상이 맞습니까?"

엽자건이 다시 고개를 끄덕였다.

"비슷하다."

"고작?"

반발하는 송지하를 놔둔 채 엽자건이 소하에게 시선을 던졌다.

"상황이 대충 이렇게 되었다. 그러니 이제부터 날 좀 도와 줘야겠어."

"대가는?"

"신무림맹의 모용 문상과 북경 연평왕부에서 이미 충분할 정도로 받았지 않나?"

"그, 그걸 어떻게……."

"하오문에 대해선 그럭저럭 잘 알고 있다. 한 지역의 총순찰 정도 되는 거물이 무림의 대전에 이렇게 깊숙이 간여하는 건 쉽게 볼 일이 아니지."

"……."

소하가 입을 쑥 내밀고는 침묵에 잠겼다. 엽자건이 여기까지 파악했다면 더 이상 반박하거나 부탁을 거절할 명분을 찾기 어려웠다.

숙!

엽자건이 품속에서 금낭 하나를 꺼내 소하에게 전해준 후 진지하게 말했다.

"이 금낭지계(金囊之計)는 연평 왕야의 의제이자 신무림맹의 무상인 나 엽자건이 정식으로 하오문 전체에 하는 청부다. 향후 무림 전체의 명운이 걸린 일이기도 하니 확실하게 처리해야만 할 것이야."

"만약 이 청부를 거절하면?"

"중원에서 하오문도 자체를 다시는 볼 수 없게 되겠지. 황실과 정파 무림 전체를 적으로 돌리게 될 테니까."

"우웩!"

소하가 손가락을 입 안에 넣고 토하는 흉내를 냈다. 엽자건이 한 말이 역겨워 견딜 수 없다는 듯.

잠시뿐이었다.

곧 심정적인 저항을 포기한 소하가 바닥에 침을 한차례 내뱉곤 연해월과 함께 자리를 떴다. 엽자건의 순수한 협박에 만정이 확 떨어져 버린 것이다.

총총히 멀어져 가는 소하와 연해월을 물끄러미 바라보던 송지하가 어깨를 한차례 으쓱해 보였다. 자신 쪽은 쳐다도 보지 않고 떠나가는 두 하오문도의 모습이 꽤나 생경해서다.

"사부님도 참 여자를 다루는 데는 서투십니다."

"뭐가?"

"사부님의 흔적을 쫓던 중 꽤 재밌는 광경을 몇 차례나 봤습니다. 대법대불왕은 아예 중원무림인 전체를 자신의 노예로 만들려는 것 같더군요?"

"그래서 계림에서 그를 막아야만 하는 거다. 그런 자를 강북에 들어서게 만든다면 중원은 끝장이 날 테니까."

"그래서 전력이 안 되는 두 명의 하오문도를 쫓아내신 겁니까? 금낭지계란 그럴듯한 명분까지 만들어서."

"금낭 안이 텅 비어 있을 거라 생각한 거냐?"

"그럼 뭔가 들어 있습니까?"

진심으로 놀란 표정을 한 송지하에게 엽자건이 서늘한 시선을 던졌다.

"당연히 들어 있다. 딱히 그녀들에게 그걸 전하게 될 줄은 몰랐지만."

"그래도 이번 싸움에 끼어들게 하는 건 아니겠지요?"

"나는 전문가를 중시한다."

"전문가요?"

"그래, 하오문은 소문만 퍼뜨려 주면 된다. 싸움은 나와 천룡영웅대가 할 거고."

"그럼 저는 뭘 하면 됩니까? 여자를 후리는 거야말로 제 전문 분야인데……."

"너는 지금부터 사냥개의 먹잇감이 된다."

"…그 사냥개 암컷입니까?"

"쉽사리 죽어선 안 된다. 나는 제자를 먼저 보내고 싶지 않으니까."

농담을 받아주지 않는 엽자건을 향해 송지하가 어깨를 으쓱해 보였다. 생각보다 심각한 상황에 처하게 되었음을 직감한 까닭이다.

"한 가지 요구 사항이 있습니다."

"말해."

"이번에 사냥개 먹이가 되지 않으면 진짜 사부님의 제자로 받아주시겠습니까?"

"소림사에 입문하고 싶은 거냐?"

"중이 될 생각은 없습니다. 그냥 저는 사부님의 정식 제자가 되어 언젠가 곤왕 유대유 선배를 뛰어넘는 무인이 되고 싶을 뿐입니다."

"무리다."

"저는 무리겠지요. 하지만 사부님은 어떻습니까?"

도발적인 송지하의 질문에 엽자건이 슬쩍 이를 드러내 보였다. 미소다, 어느 때보다 자신감이 있는.

'결정이구만!'

송지하가 내심 눈을 반짝였다. 자신의 선택이 틀리지 않았음을 확신한 것이다.

엽자건이 말했다.

"나는 새벽에 출발한다."

"그럼 그 반 시진 전부터 움직이겠습니다. 적당히 흔적을
남기면서요."

"닷새면 된다."

"어떻게 사흘 정도로 안 될까요?"

"닷새다!"

송지하의 에누리를 단칼에 자른 엽자건이 야영지를 향해
신형을 돌려 세웠다.

새벽, 그리 멀지 않았다.

출발 전에 야영지 주변 정리를 확실히 할 필요가 있었다.

*   *   *

콰득!

삼백 명의 토벌대와 함께 야영지를 덮친 냉고성이 어느새
차갑게 식어버린 모닥불의 잔재를 발로 짓밟았다.

여태까지와 마찬가지다.

그는 이번에도 화끈하게 뒷북을 쳤다.

그때 주변을 세심하게 살피던 수하 한 명이 다가들었다. 잔
혹마검대로 가장한 삼십 명의 백마 중 한 명인 추혼마(追魂魔)
였다. 별호대로 천리추종술에 일가견이 있어 이번 토벌대의

핵심적인 역할을 맡고 있었다.

"대주님, 드디어 꼬리를 잡은 것 같습니다!"

"모닥불이 차갑게 식었다."

"하지만 이동한 장소가 협곡 방면입니다."

"협곡 방면?"

"예, 이곳에서 삼십 리도 떨어지지 않은 곳에 천험의 협곡이 있는데, 족히 백여 리가 넘게 형성되어 있다고 들었습니다."

냉고성의 눈이 차갑게 빛났다.

"경공이 빠른 자들로만 추려서 속도전을 벌인다면 중간에 따라잡을 수도 있겠군?"

"저희 잔혹삼십위(殘酷三十衛)가 대주님을 보필하겠습니다."

"충분할 테지."

냉고성이 천천히 고개를 끄덕였다.

잔혹삼십위는 잔혹마검대로 분한 백마였다. 그들 중 네다섯 명만 모여도 냉고성과 동수를 이루는 걸 감안하면 웬만한 중소 문파보다 나은 전력이라 할 수 있었다.

스슥! 스스스슥!

그때 냉고성과 추혼마 주변에 사방으로 흩어져 있던 잔혹삼십위가 집결했다. 백마답게 서로 간의 정보를 빠르게 공유하는 방법을 익히고 있음이 분명하다.

냉고성이 말했다.

"그동안 고생이 많았다! 이번 추격전을 반드시 협곡 안에서 끝장 낼 작정이니 모두 최선을 다해주도록 바란다!"

"존명!"

"존명!"

추혼마의 선창에 맞춰 나머지 잔혹삼십위가 일제히 목청 높여 복명했다. 다분히 대법대불왕이 따로 붙여준 환희불들의 이목을 의식한 행동이었다.

'역시 주인님의 뜻대로 되었구나!'

환월은 귀신같이 은신한 채 냉고성과 잔혹삼십위가 협곡 쪽으로 떠나가는 장면을 확인했다.

지난 닷새간.

그녀는 엽자건의 명에 따라 사냥개인 냉고성의 움직임을 줄곧 감시하고 있었다. 광서로 떠나기 전에 반드시 그들을 끝 장내기 위함이었다.

그리고 지금 기회가 왔다.

닷새 전부터 엽자건이 계획했던 대로 냉고성의 군이 둘로 나뉜 것이다.

'그럼 슬슬 그 허여멀건 얼굴을 한 바람둥이한테 가야겠구나. 저 정도 전력을 가지고 현재의 주인님을 상대한다는 건 계란으로 바위를 치는 거나 다름없으니까.'

내심 엽자건이 내린 명령을 다시 확인한 환월이 신형이 은밀한 움직임을 보였다. 방금 전 협곡 쪽으로 떠난 냉고성 일행과는 사뭇 다른 방향이었다.

추격 한 시진 경과 후.

냉고성과 함께 백 리나 되는 대협곡 안에 들어선 잔혹삼십위는 헌신적으로 수색 작업에 들어갔다. 지난 수십 일간 그들을 지독히도 괴롭혀 왔던 사냥감을 어떻게든 찾아내 잔혹한 죽음의 유희를 즐길 작정이었다.

그렇게 다시 반 시진가량이 지나갈 무렵이었다.

잔혹삼십위의 수색 작업을 최선두에서 진두지휘하고 있던 추혼마가 냉고성에게 수신호를 보내왔다. 드디어 뒤쫓던 사냥감을 찾아낸 것이다.

'드디어!'

냉고성이 살기로 번들거리는 눈빛을 한 채 신형을 날렸다. 가장 먼저 자신의 손으로 사냥감을 붙잡아 감요진의 행방을 알아낸 후 산 채로 찢어발길 작정이었다. 그렇게 하지 않고선 심중의 분노를 풀길이 없었다.

그런데 그때 상황이 급변했다.

퍽! 퍽!

갑자기 냉고성에게 수신호를 보냈던 추혼마가 바닥에 쓰러지더니 주변에 있던 잔혹삼십위 몇 명 역시 같은 꼴이 되었다. 마치 어떤 초인적인 힘에 휩쓸린 듯 사방으로 나뒹굴었다. 변변찮은 저항조차 보이지 못한 채였다.

'이게 무슨?

냉고성의 눈매가 가늘어졌다.

어느새 손에는 만리지도가 쥐어져 있었다. 예상치 못했던 강적이나 기문진법에 빠졌다는 판단을 내린 것이다. 그리고 재빨리 펼쳐진 수신호. 임시 수장이었던 추혼마를 잃고 혼란에 빠져 있던 잔혹삼십위를 집결시키기 위함이다.

그러나 그거야말로 대실수였다.

스슥! 스스스슥!

수신호에 의해 냉고성 쪽으로 집결해 들어오던 잔혹삼십위가 마치 시간차 공격을 당한 듯 연달아 바닥에 나뒹굴었다. 앞서와 마찬가지로 퍽퍽 소리와 함께 짚단처럼 무너져 내렸다. 단 한 명도 예외가 없었다.

퍽!

결국 최후의 일인이 냉고성에게서 일 장도 떨어지지 않은 장소에서 쓰러져 내렸다. 그렇게 되기까지 걸린 시간은 촌각, 아니, 그보다 더욱 짧게 느껴진다.

'이런 말도 안 되는!

경악 어린 표정을 한 상태로 냉고성이 전력을 다해 심살기를 일으켰다. 절대지경을 넘보던 전날과는 비교조차 할 수 없는 위력이나 그래도 명색이 초절정의 무위다. 일시지간 전력을 몽땅 끌어내자 그의 전신으로 흐릿한 호신강기가 형성되었다.

게다가 그건 시작에 불과했다.

스스슥!

재빨리 이형환위를 펼쳐서 신형을 분산시킨 냉고성이 연달아 잔혹심살도법의 최절초를 쏟아냈다. 눈앞에서 펼쳐진 기오막측한 공격으로부터 자신을 먼저 지켜내는 게 우선이란 판단.

과연 효과가 있었다.

순식간에 거의 십여 장 이상을 이동한 냉고성은 무사했다. 어떤 공격조차 당하지 않을 수 있었다.

그러나 냉고성은 여전히 호신강기를 펼친 채 안색을 차갑게 굳히고 있었다. 아예 공격 자체가 없었기에 자신이 무사할 수 있었음을 알고 있기 때문이다.

그때 기괴한 광경이 냉고성의 눈에 들어왔다.

휘오오오오!

용권풍?

사막도 아닌 협곡 안에서 그런 게 존재할 리 없다. 천리를 거역하는 현상이었다.

하지만 그럼 느닷없이 들이닥친 이 회오리바람은 뭔가? 순식간에 대기를 빨아들이며 확장된 용권풍의 직격에 냉고성이 이를 악물었다.

퍽!

냉고성의 신형이 화살처럼 반대편으로 날아갔다. 협곡을 이룬 두 개의 절벽 중 하나다. 혈육으로 된 인간이라면 결코 견딜 수 없는 타격을 선사할 게 분명하다.

"크악!"

냉고성이 일성대갈을 터뜨렸다. 그와 함께 진원지기를 일으켜 몸의 탄성을 활성화시켰다. 호신강기 중 반탄의 힘을 극대화시켜 절벽 충돌에 대비한 것이다.

콰득!

냉고성의 다리뼈가 부러졌다. 어깨뼈 역시 마찬가지다. 순간적으로 다리에 전달되어지는 끔찍한 기운을 어깨 쪽으로 흘려서 벌어진 일이었다.

그리고 회전!

고통을 참은 채 호신강기의 반탄력을 이용해 공중에서 한 바퀴를 돈 냉고성이 비참하게 바닥에 내동댕이쳐졌다. 즉사는 면했으나 몸 상태는 엉망진창. 그게 과거 새외칠마 중 일좌였던 그가 할 수 있는 최선이었다.

"허억! 허억! 헉……."

휘오오오오!

바닥에 대자로 뻗어 가쁜 숨을 몰아쉬는 냉고성 앞에 다시 용권풍이 나타났다. 빠르다. 순식간에 거리를 단축해 와 압도적인 위용을 드러낸다.

잠깐뿐이었다.

완전히 저항을 포기한 겉모습과 달리 최후의 일격을 준비하고 있던 냉고성의 동공이 크게 확장되었다. 순식간에 자취를 감춘 용권풍 속에서 모습을 드러낸 엽자건을 확인한 까닭이었다.

"파, 파군성……."

"반갑소, 잔혹마군 냉고성. 어쩐지 과거보다 훨씬 약해졌다고 생각했더니 얼굴이 예전으로 돌아갔군."

"…그, 그녀는 어찌 되었느냐?"

"그녀?"

"요진! 내 요진 말이다!"

"……."

엽자건은 문득 심부 깊숙한 곳에서 치밀어 오르는 살기를 느꼈다.

천살지기?

그런 것이 아니다. 감요진을 자신의 여자처럼 여기는 냉고성의 부르짖음이 그의 속을 뒤집어놨다. 당장 수중의 삼절마곤을 휘둘러 주제를 모르는 주둥이를 박살 내버리고 싶었다.

하지만 그럴 수 없었다. 송지하로부터 신무림맹이 기습당하던 날 당소교의 슬픈 최후와 거의 반 실성해 버린 유백온의 얘기를 들었기 때문이다.

'유 조장을 위해 잠시 네 더러운 목숨은 살려두기로 하마.'

내심 차갑게 중얼거린 엽자건이 살기를 가라앉히곤 싱긋 웃어 보였다.

"요진은 잘 있소. 하지만 다시 그 더러운 입으로 그녀의 이름을 언급하면 혀를 뽑아버릴 테니 조심하는 게 좋을 거요."

"날 살려줄 작정이냐?"

"역시 바보는 아니군."

"조건을 말해라!"

"나는 지금부터 광서로 갈 거요. 그러니 더 이상 뒤를 쫓지 마시오."

"하핫!"

냉고성이 고통조차 잊고 대소를 터뜨렸다. 눈빛은 여전히 음침하다. 엽자건이 자신을 바보로 여기고 있다고 생각한 까닭이다.

그러나 엽자건은 어느새 신형을 돌려세우고 있었다. 자신이 할 말만을 남긴 채 총총히 냉고성을 떠나간 것이다. 마치 처음부터 존재하지 않았던 것처럼 순식간에.

"……."

잠시 멍청한 표정을 짓고 있던 냉고성이 이를 악문 채 신형을 일으켜 세웠다.

천기마야에게 받았던 잔혹삼십위를 모조리 잃어버렸으나 그에겐 아직 삼백 명에 가까운 환희불이 있었다. 그러니 지금으로선 일단 그들과 합류하는 게 최선일 터였다.

잠시 후,

본대 격인 삼백 환희불을 대기시켜 놨던 곳으로 돌아온 냉고성이 털썩 바닥에 주저앉았다.

초토화!

웬만한 중소 문파쯤은 반 시진도 안 되어 몰살시킬 수 있을 만한 전력이라 평가받던 삼백 환희불 중 생존자는 전무했다. 그가 잔혹삼십위와 함께 협곡으로 자리를 비운 틈에 송지하와 환월의 지휘를 받은 개방도들에게 습격받아 순식간에 몰살당하고 말았다.

물론 가장 큰 원인은 지휘자의 부재!

냉고성과 잔혹삼십위의 명령만을 따르던 환희불들이 엽자건이 체계적으로 세운 전술병진과 기습전을 감당할 수 없었다. 완전히 당황해서 좌충우돌하다 어이없을 정도로 힘없이 무너져 버렸다.

그 같은 사정까지 냉고성이 알 리 없다.

그는 거의 절반쯤 넋이 빠져 있다가 문득 눈에 음침한 기운을 담았다. 엽자건이 떠나기 전에 한 말을 이용해 대법대불왕으로부터 임무 실패의 책임을 면할 길을 모색할 작정을 한 것이다.

'광서로 향하겠다고? 믿을 수 없는 말이긴 하나 일단 내 목숨 줄이 될 정보일 수도 있다. 어차피 북혈단주의 수하들인

잔혹삼십위가 모조리 죽었으니 그와 다시 협상을 할 때까지 시간을 벌면 되는 것이니까.'

재빨리 머리를 굴린 냉고성이 힘겹게 자리에서 일어나 걸음을 옮기기 시작했다. 한시라도 빨리 대법대불왕에게 돌아가 변명을 늘어놓기 위함이었다.

第百八章

계림대전(桂林大戰)

少林棍王
소림곤왕

계림의 산수는 천하제일이고 이강의 물결은 잔잔한데,
사람들은 싸움으로 날을 지새운다

—계림산수갑천하(桂林山水甲天下)!

계림의 산과 물빛이 천하제일이란 말은 과연 허명이 아니
었다. 엽자건 일행은 한 달 만에 계림을 눈앞에 두고 하나같
이 찬탄을 금치 못했다. 평생 처음 보는 기이무쌍한 절경 앞
에 하나같이 할 말을 잊어버린 것이다.

물론 잠시뿐이었다.

하오문과 냉고성을 통해 쏟아낸 소문에도 쉽사리 중경으
로의 행보를 바꾸지 않은 포달랍궁의 주력을 엽자건 일행은
끊임없이 괴롭혔다. 갈수록 불어나고 있는 그들의 대병이 다

른 방향으로 힘을 폭발시키지 못하게 만들기 위함이었다.

덕분에 대법대불왕이 이끄는 포달랍궁의 주력은 계림을 앞두고 꽤나 독특한 편제가 되었다.

포달랍궁에서 끌고온 환희불이 대폭 줄어서 사백 명이 채 안 남은 반면, 운남과 사천에서 끌어들인 무림인의 숫자는 거의 사만 명에 육박했다. 거의 무림군이라 해도 과언이 아닐 정도의 대병력이었다.

다행스러운 점은 광서로 향하는 길이 꽤나 궁벽했다는 거다.

사만 명이 넘는 포달랍궁의 대병력을 엽자건은 휘하의 단지 백 명밖엔 안 되는 개방도와 함께 효과적으로 교란했다. 그들 중 중심이라 할 수 있는 환희불의 숫자를 줄이면서도 용케 무사할 수 있었다. 모두 궁벽하기 이를 데 없는 광서의 자연과 지형지물을 잘 이용한 까닭이었다.

송지하가 탄복한 표정으로 계림의 산수를 바라보고 있는 엽자건에게 버럭 소리 질렀다.

"사부님!"

"왜?"

"이제 그만 말씀해 주셔도 되잖습니까!"

"뭘?"

"어째서 이런 말도 안 되는 짓을 저지르셨는지 말입니다!"

"말도 안 되는 일이라…….."

엽자건이 그제야 계림의 절경으로부터 시선을 거두더니 턱밑을 손가락으로 어루만졌다. 무언가 심각한 고민이라도 생긴 것 같은 모습이다.

'설마 진짜로 말도 안 되는 짓을 저지른 건 아닐 테지?'

송지하가 더럭 겁이 난 표정이 되었다. 그의 예상과 달리 엽자건에게 아무런 복안도 없다면 문제는 심각해진다. 자칫 잘못하면 눈앞의 그림처럼 아름다운 계림이 그 자신의 무덤이 될지도 모르는 까닭이었다.

그때 두 사람 곁으로 얼마 전 합류한 취풍개가 다가들었다. 엽자건의 밀명을 충실히 완수한 그의 표정 역시 그리 밝진 않았다.

계림으로 밀려든 사만 명이 넘는 대병력!

제아무리 큰 간담을 지닌 자라 한들 오싹 소름이 끼쳐 오지 않을 도리가 없겠다.

"엽 단주, 천룡영웅대의 개방도와 연락을 취하는 데 성공했소이다."

"취풍개 형님, 수고하셨습니다. 접선 장소는 어디지요?"

"그게…….."

취풍개가 잠시 곤란한 표정을 지어 보인 것과 동시였다. 그에게서 그리 멀리 떨어지지 않은 개방도들 사이에서 불쑥 한 명의 봉두난발 사내가 모습을 드러냈다. 목진풍이었다.

"엽 대형!"

"오!"

엽자건이 거의 절반쯤은 우는 표정으로 달려드는 목진풍에게 천천히 고개를 끄덕여 보였다. 물론 그를 품에 안아주는 닭살스런 짓은 살짝 피했고.

"너무합니다! 정말 너무합니다!"

자신의 돌진을 피한 엽자건을 향해 목진풍이 마구 소리 질러댔다. 예전보다 꽤나 반항적인 모습이다.

엽자건이 개의치 않고 말했다.

"다른 형제들은 무사하겠지?"

"엽 대형이 떠난 후 사상자가 제법 늘었습니다. 팽 조장은 결국 상처가 심해져서 하북팽가로 돌아갔고, 다른 형제들 역시 신무림맹이 기습을 당할 때 제법 많이 상했습니다."

"그래서 당장 실전이 가능한 전력은 어찌 되지?"

"사 개 조 포함 대충 백오십 명 정도에 불과합니다. 모용문상이 이끄는 신무림맹의 주전력이 대충 천 명가량이 되고요."

송지하가 손으로 이마를 짚었다.

"크어억! 이런 곳에 내 발로 걸어들었다니!"

엽자건이 태연한 표정으로 말했다.

"지금이라도 늦지 않았다. 아직 포달랍궁의 주력은 백 리 밖에 있으니까 얼마든지 도망칠 수 있을 거다."

"정말 그래도 됩니까?"

"물론."

여전한 엽자건의 대답에 송지하가 마구 온몸을 흔들어 보였다. 주변에 여자가 없으니 멋지고 당당한 모습에 집착할 필요가 없다.

그러거나 말거나 송지하에게 관심을 끊은 엽자건이 목진풍에게 말했다.

"모용 문상을 만나야겠으니 앞장 서거라!"

"천룡영웅대가 아니라요?"

"어차피 네가 이곳에 왔으니 천룡영웅대 역시 곧 합류할 거 아니냐?"

"하지만 남궁 조장이 엽 대형을 무척 기다렸는데……."

"나도 알고 있다."

"……."

짤막한 한마디로 목진풍의 입을 다물게 만든 엽자건이 문득 시선을 다시 계림의 산봉으로 향했다. 정말 몇 번을 봐도 기가 막히게 아름다운 풍광이었다.

요산(樂山).

목진풍의 안내를 받아 계림의 뭇 봉 중 가장 높은 흙산에 오른 엽자건의 눈에 이채가 어렸다. 정상 부근에 위치한 꽤나 운치있어 보이는 정자를 발견한 것과 동시의 일이다.

'과연 구정회는 광서대항쟁 이후에도 계림 일대에 제법 많은 공을 들여놨었군.'

내심 고개를 끄덕인 엽자건이 곧 한줄기 바람이 되었다. 곧장 정자 안으로 뛰어든 것이다.

슥!

모용초연이 평상시처럼 무감동한 표정을 한 채 엽자건을 맞았다. 손에는 여전히 부들부채가 살랑거리고 있다.

"엽 무상, 굉장한 일을 저지르셨더군요?"

"굉장한 일이라 하는 모용 문상은 그다지 놀란 표정이 아닌 것 같소만?"

"본래 항상 이 표정일 뿐이에요."

"역시 그런 것이었소?"

"물론이에요."

담담한 모용초연의 대답에 엽자건이 싱긋 웃어 보이곤 그녀 앞에 털썩 주저앉았다. 그리고 말한다.

"이강(履江)에서 승부를 결착할 작정이오."

"수전을 벌이자는 건가요?"

"이강은 무수히 많은 첩첩산봉으로 휘감겨 있소. 대군이 일거에 밀어닥치기엔 어렵고 움직임 역시 쉽사리 봉쇄할 수 있으니 각개격파 역시 가능할 것이오."

"헛소리!"

모용초연의 차갑게 한마디를 던진 후 엽자건에게 특유의

냉철한 시선을 던졌다.

"잘도 포달랍궁의 세력을 잔뜩 불려서 계림까지 끌고 왔더군요? 어쩌려는 건지 지금 당장 털어놓는 게 좋을 거예요."

"싫소."

"싫다?"

"내 속내를 듣기 전에 먼저 모용 문상이 계림과 양삭 일대에 펼쳐져 있는 구정회의 기문진과 기관매복에 대해 털어놓는 게 먼저란 뜻이오."

"이유는?"

"방금 전 말했다시피 나는 천룡영웅대와 함께 이강에서 최종 승부를 결착하고 싶거든."

"그러니 이강이 흐르는 계림과 양삭 구간의 기문진과 기관매복이 얼마만큼 포달랍궁의 주력을 막아낼 수 있을지 알고 싶다는 거군요?"

"또한 모용 문상이 준비해 놓은 기문진과 기관매복의 힘을 빈다 해도 천 명 정도의 신무림맹 병력으론 사만 명이 넘는 대병력을 막아내기 어렵다는 확답 역시 듣고 싶소."

"이번 대전의 주도권을 완전히 넘겨달라는 뜻인가요?"

"그렇소."

엽자건의 명쾌한 대답에 모용초연이 수중의 부들부채를 가볍게 흔들어 보였다. 정자의 그림자 속에 몸을 은신하고 있는 당준을 부른 것이다.

팡랑!

그러나 당준은 나타나지 않았다. 그럴 수가 없었다. 정자에 들어서기 전 엽자건이 날린 무형곤기에 마혈이 제압당한 까닭이었다.

"설마 당신이!"

"그 설마요. 모용 문상이 준비해 뒀던 방수는 이미 내게 제압당해 버렸소."

"강적을 앞에 두고 내분을 일으킬 작정인가요?"

"그럴 리가! 나는 모용 문상이 생각하는 것보다 훨씬 강하고 집단전에 능한 사람이오. 그러니 그냥 이번 대전의 주도권을 내게 넘기도록 하시오. 반드시 이강에서 포달랍궁의 중원 침공을 분쇄시킬 테니까."

"그만큼 냉염나찰 감요진의 환몽사안을 믿고 있는 건가요? 백치가 된 그녀를?"

"개방에까지 간자를 두고 있었군?"

"구정회는 중원의 정파 그 자체예요. 어디에나 이목이 있지요."

"좋겠군."

나직이 이죽거린 엽자건이 눈에 강렬한 힘을 담았다. 정제시킨 천살지기다. 웬만한 사람쯤은 순식간에 급살시킬 수 있을 만큼의 위력이 담긴.

팡랑!

모용초연은 부들부채를 흔드는 것으로 태연히 받아넘겼다. 여전한 눈빛은 일관되게 엽자건으로 하여금 질문에 대한 답을 하기를 촉구하고 있다.

으쓱!

어깨를 한차례 추어 보인 엽자건이 천살지기를 풀었다.

"요진은 이번 대전의 마지막 희망이오."

"그러니 무조건 따르라?"

"싫으면 말던가."

모용초연이 잠시 엽자건의 얼굴을 살피다 미미하게 고개를 흔들어 보였다.

"이번 대전의 지휘권을 넘기도록 하죠. 마음대로 싸워보세요. 어차피 대법대불왕이 이런 식으로 나온 이상 우리에게 다른 방법은 없으니까요. 그리고……"

"그리고?"

"…대법대불왕을 이길 자신은 있는 거겠죠?"

"물론."

엽자건이 싱긋 미소 짓고는 정자 밖으로 손가락을 튕겼다. 다시 무형곤기를 날려서 당준의 마혈을 풀어준 것이다.

* * *

두두두두두두!

과거 황금대불마차를 훌쩍 뛰어넘는 규모의 황금 가마를 떠메고 있는 건 백 명이나 되는 사천 무림인이었다. 하나같이 일류 수준을 상회하는 무력을 지녔으나 침략자라 할 수 있는 대법대불왕을 위해 성심성의를 다하고 있었다.

그 가마의 중간에 위치한 황금 의자 위.

지극히 편안한 자세로 황금색 가사를 걸친 대법대불왕이 앉아 있었다. 무료한 표정과는 달리 특유의 금안이 묘하게 빛나고 있다.

이유가 없을 리 만무하다.

스스스슥!

거대한 황금 가마를 떠메고 있는 백 명의 불노(佛奴)가 갑자기 멈춰 섰다. 그들의 앞으로 펼쳐져 있던 엄청난 규모의 인(人)의 장막이 걷히고 백 명가량의 선발대와 함께 척후에 나섰던 냉고성이 돌아온 까닭이다.

착!

냉고성이 황금 가마 앞에 이르자마자 바닥에 부복했다. 과거 엽자건에게 당한 상처가 채 낫지 않았는지 평상시보다 몸의 균형이 흐트러져 보인다.

"법왕님께 아룁니다! 계림과 양삭 일대에 예상했던 대로 상당한 규모의 기문진과 기관매복이 펼쳐져 있는 걸 확인하고 돌아왔습니다!"

"그런 것치고는 몇 명 죽지 않고 돌아왔구나?"

"그게 기문진의 규모를 파악할 수 없어서 일단 보고를 드리고자……."

"삼천 명을 더 데려가라."

"…예?"

"삼천 명을 더 데려가서 계림의 관문을 뚫으란 뜻이다. 다 죽여도 좋다."

냉고성이 잠시 대법대불왕을 지켜보다 얼른 고개를 숙이며 복명했다.

"존명!"

"오늘 밤이 가기 전이라야 할 것이다. 본왕은 파군성 엽자건이란 아이 때문에 지금 꽤나 기분이 나쁜 상태니까."

"존명!"

다시 복명한 냉고성이 부복을 풀고 일어서 주변을 가득 메우고 있는 대병력을 향해 손짓을 했다. 무작위로 삼천 명을 차출해서 인해전술(人海戰術)을 펼칠 작정이었다. 그만한 숫자라면 어떤 기문진이나 기관매복이라 해도 힘으로 부숴 버릴 자신이 있었다.

*　　　*　　　*

이강.

계림과 양삭 간의 이백여 리에 걸쳐 형성된 거울처럼 맑고 아름다운 강물은 소리없이 달빛을 빨아들이고 있었다.

마력적인 풍광!

작은 배에 몸을 의탁한 채 달빛에 비추인 강물과 산봉의 모습을 바라보고 있던 엽자건이 나직이 중얼거렸다.

"아깝군."

"천룡위주께서는 뭐가 그리 아까우신 건가요?"

질문을 던진 사람은 남궁수다. 그녀는 주변을 상당한 규모로 메우고 있는 천룡영웅대와 십방걸개가 이끄는 개방도의 배려 속에 엽자건과 동선하고 있었다.

엽자건이 그녀를 바라봤다. 어느새 입가에는 부드러운 미소가 머물러 있다.

"그 천룡위주라는 호칭, 어떻게 안 되겠소?"

"전쟁 중이니까요."

"전쟁이 끝나면?"

"그때는 천룡영웅대를 나갈 작정입니다."

"그때는 함께 창룡검가로 갑시다."

"소림사를 먼저 찾는 게 마땅합니다."

"어디가 됐든 중요한 일은 아니지. 그리고……."

잠시 말꼬리를 길게 끌어 보인 엽자건이 평상시의 장난스러움을 거두고 말을 이었다. 표정이 어느 때보다 진지하다.

"…미안하오."

"천룡위주께서 미안할 일이 아닙니다. 조부님께서는 무인 다운 최후를 맞이하신 것이니까요. 그리고 감 소저의 일에 대해선 재론치 않으심이 마땅합니다. 그녀는 저보다 먼저 천룡 위주를 만난 사람이니까요."

"……."

엽자건이 침묵 속에 슬쩍 손을 뻗어 남궁수의 어깨를 잡아 끌었다.

뭉클!

그리고 포옹.

순간 엽자건이 탄 배의 주변을 호위하고 있던 전선에서 열화와 같은 탄성이 터져 나왔다. 목진풍과 송지하의 주도하에 결전전야를 일종의 축제로 탈바꿈시킨 것이다.

그러거나 말거나 엽자건은 남궁수를 포옹한 것에서 끝내지 않고 그녀의 입술마저 훔쳤다. 어차피 노골적인 환호성을 들은 이상 머뭇거리거나 망설일 이유가 없었다.

"망할 놈!"

이가흔이 콧잔등을 찡그리며 욕설을 내뱉었다. 어차피 포기한 사람이긴 하나 굳이 눈앞에서 닭살을 떨 필요는 없지 않은가.

그때 목진풍이 신이 나 소리 질렀다.

"동방화촉을 밝혀라!"

"방을 잡아라! 방을 잡아라!"

"화끈하게 저질러 버리는 거야!"

'미친!'

이가흔이 다시 노골적인 음담패설을 내뱉으려는 목진풍의 엉덩이를 발로 걷어찼다.

퍽!

"사, 사매……."

"남의 동방화촉에만 신경 쓰지 말고 자기 일도 좀 생각해 봐요."

"무, 무슨 일?"

"이번 전쟁이 끝난 후 개봉에 돌아가서 제일 먼저 할 일이요."

"…사부님의 장례식?"

퍽!

이가흔이 다시 목진풍을 걷어찼다. 이번엔 엉덩이보다 훨씬 살집이 없는 오금이다. 가격하는 힘 역시 두 배쯤 더 강했고.

"크헉!"

오금을 차이고 진땀을 삘삘 흐르대는 목진풍을 향해 이가흔이 코웃음과 함께 고개를 홱 돌려 버렸다.

"흥!"

"사, 사매……."

"그렇게 생각없이 살려거든 확 강물에 머리 박고 죽어버려
요!"

"……."

목진풍의 얼굴이 울상으로 변했다.

환월 역시 엽자건과 남궁수의 포옹을 봤다. 입가에 저절로
매달리는 한숨 하나.

감요진을 주모로 모시기로 한 후 애써 외면하고 있던 현실
을 눈앞에 두고 가슴 한편이 쓰라려 온다.

그러나 그녀는 곧 고개를 가로저었다. 어느새 배의 한편에
기댄 채 잠들어 버린 감요진의 존재가 눈에 들어왔기 때문이
다.

그녀는 곧 벌어질 이강대전의 중심이다.

엽자건이 이끄는 천룡영웅대와 십방걸개의 개방도를 태운
수십 척의 배가 모두 그녀를 지키기 위해 존재했다. 강력한
호위진을 펼치고 있었다.

단 이틀 만에 계림의 외곽에 설치되어 있던 백여 개나 되는
기문진과 기관매복을 힘으로 돌파한 포달랍궁의 대병을 막을
유일한 희망이 그녀인 까닭이었다.

'그런데 주인님은 주모님을 어찌하시려는 걸까? 중원에 청
출어람(靑出於藍)이란 말이 있긴 하지만 아이처럼 되신 주모
님께서 사부인 대법대불왕을 이길 가능성은 없을 텐데…….'

진심으로 걱정이 된다. 근래 백치가 된 감요진의 보호자 노릇을 하며 책임감과 인간적인 감정을 갖게 된 까닭이다.

하지만 환월은 곧 고개를 가로저었다. 마음속을 어지럽히는 걱정과 근심 역시 지워 버렸다. 주인인 엽자건에 대한 그녀의 무한한 신뢰는 모든 걸 뛰어넘을 만큼 확고했다.

그때 달빛만을 빨아들이고 있던 계림의 하늘이 환하게 밝아졌다.

화광충천!

이강으로부터도 그리 멀지 않은 곳이다. 결국 문상 모용초연과 당준이 이끌던 계림의 일차 저지선이 뚫리고 만 것이다. 미리 준비해 뒀던 폭약을 터뜨리는 걸로 확실하게 알려왔다.

'분위기 좋았는데……'

엽자건이 품에서 남궁수를 떼어내며 내심 아쉬운 입맛을 다셨다.

방까지 잡을 생각은 없었다.

하지만 그래도 이렇게 빨리 계림의 일차 저지선이 돌파당하리라곤 생각지 못했다. 조금쯤 더 분위기를 잡으며 남궁수에게 속죄를 하고 싶었다.

방금 전의 대폭발로 몽땅 물 건너가 버렸다. 이제 움직일 때가 된 거다.

"아수, 다음은 전쟁이 끝난 후에 계속하도록 할까?"

"천룡위주……."

남궁수가 그녀답지 않게 상기된 표정으로 엽자건의 가슴을 툭 밀어버렸다. 그의 두 눈에 담겨 있는 능글맞은 기운에 주변의 노골적인 환호성을 의식하지 않을 수 없었다.

싱긋!

그런 남궁수를 귀엽다는 듯 일별한 엽자건이 슬쩍 손을 들어 올렸다. 드디어 이강을 따라 계림 전선으로 이동하라는 명령을 내린 것이다.

둥둥둥둥둥!

기다렸다는 듯 전고가 울려 퍼졌다.

목진풍과 송지하다.

그들이 내력을 담아 두들겨 대는 전고성을 따라 이강의 잔잔하던 물결이 큰 출렁거림을 만들어냈다. 그리고 저 멀리 검은색 가마우지 한 마리가 놀라서 날아오른다.

*　　　*　　　*

꽝음과 함께 일어난 화광충천!

계림의 무수히 많은 산봉 중 하나에 자리 잡은 채 휴식을 취하고 있던 천기마야가 눈에 이채를 담았다. 생각했던 것보다 계림 외곽이 빨리 무너졌다는 생각이 들어서였다.

'대법대불왕도 제법 머리를 쓸 줄 아는 자로구나! 광서대항쟁 시절 구정회가 주축이 된 정파연합군은 족히 한 달 동안 고전한 끝에야 일차 저지선을 돌파할 수 있었거늘…….'

배교가 무너지던 날의 기억!

무던한 천기마야에게도 그리 유쾌하진 않다. 오랜 세월 홀로 자존하고 있던 배교의 교주인 그가 본거지를 포기한 채 대막의 대종교에 몸을 의탁해야만 했기 때문이다.

물론 까마득한 옛이야기다.

이젠 기억을 더듬는 것만으로도 꽤 힘이 들 정도로.

그때 오랜만에 감성적이 된 천기마야의 앞에 목령사귀가 모습을 드러냈다. 어둠 속에서도 몸의 붕괴 정도가 더욱 심화되었음을 알 수 있는 모습이다.

"준비는 제대로 끝냈겠지?"

"예, 대법대불왕과 그의 세력은 절대 살아서 계림을 빠져나가지 못할 것입니다."

"이번 대전에서 대법대불왕이 무조건 이길 거라고 확신하고 있는 것이냐?"

"그리되지 않겠습니까? 그가 이끌고 있는 진용은 운남과 사천 무림의 무림인 중 칠 할이 넘습니다."

"확실히 엄청난 짓을 했다. 필시 근래 큰 깨달음을 얻은 것일 테지."

"그렇다 해도 계림을 살아서 벗어날 순 없을 겁니다. 운남과 사천 무림인들 전체가 신무림맹의 마지막 전력과 구정회

고수들과 함께 세상에서 자취를 감추게 되는 것이지요."

"그래, 그럴 것이다. 본 교에서 수백 년간 모아놨던 백만 근이 넘는 화약이 한꺼번에 폭발할 테니까. 구정회 놈들은 꿈엔들 몰랐을 테지. 자신들이 발견한 본 교의 화약고가 빙산의 일각에 불과했을 뿐이라는 걸. 허허허!"

목령사귀를 향해 고개를 끄덕여 보인 천기마야가 나직이 미소 지었다. 수만 명을 폭사시킬 계획을 태연스레 말하면서도 후덕한 표정과 말투엔 전혀 변함이 없다.

그러다 문득 그가 화제를 바꿨다.

"곤왕의 행방은 여전히 묘연하더냐?"

"그게……."

잠시 말끝을 흐려 보인 목령사귀가 눈에 기괴한 기운을 담았다.

"…북경과 하북성 일대에 이어 하남성과 섬서성의 비선 조직 역시 완전히 소멸되었습니다. 백마의 대부분이 계림으로 온 이때에 곤왕의 행방을 계속 탐문하는 건 무리라고 사료됩니다."

"불안 요소가 하나 남았다?"

"마천주께서는 전날 이미 한차례 곤왕의 발을 묶으신 일이 있습니다. 그의 무공이 초인적이라 하나 신무림맹과 구정회가 계림에서 완전히 세력을 잃어버린 상황에서 중원무림을 홀로 지켜낼 순 없을 겁니다."

"허허, 그렇구나."

다시 미소를 지어 보인 천기마야가 시선을 여전히 화광이 충천하고 있는 계림 외곽 쪽으로 던졌다.

족히 천 근이 넘는 화약이 폭발한 상황에서도 소강상태는 그리 오래가지 않았다. 피를 피로 씻는 진창 속의 혈전이 다시 전개되고 있었다.

"궁금하구나, 고소 모용 씨의 어린 계집애와 파군성 엽자건이란 녀석이 저 압도적인 대병력을 상대로 어떤 용전분투를 보일지가."

"역시 엽자건이란 아이가 신경 쓰이시는 겁니까?"

"곤왕과 마찬가지로 내가 준비한 계책에서 몇 차례나 빠져나온 녀석이다. 천운을 타고난 게지. 그리고 제갈무후조차 천의(天意)를 거스르진 못했느니라."

"마천주께서는 제갈무후보다 월등하신 분입니다."

"녀석, 내 얼굴에 금칠을 해줄 필요는 없다. 어차피 제갈무후의 용병술은 소설로 꾸며낸 것에 불과하니까."

"…예."

결국 스스로를 제갈무후보다 대놓고 높게 평가한 천기마야를 향해 목령사귀가 천천히 고개를 숙여 보였다. 무척이나 오랫동안 함께해 왔으나 종종 사람을 당황하게 만든다.

그때 다시 굉음이 일었다.

이번에는 방금 전보다 더욱 크다. 두 군데로 나눠났던 폭약의 나머지가 폭발했음에 분명하다.

슥!

천기마야가 귀안으로 전세를 살피곤 천천히 신형을 돌려 세웠다. 더 이상 볼 것 없다는 판단이었다.

"파군성 엽자건이 어찌 나올진 모르겠으나 새벽 동이 틀 때쯤이면 계림의 중심까지 밀리고 말겠구나."

"그럼 그때에 맞춰서 폭발을 일으키도록 백마에게 지시를 내려놓겠습니다."

"아니, 양삭까지 밀릴 때까지 기다리는 게 좋아."

"양삭까지입니까?"

"그래, 양삭까지야. 그래야 사만 명이나 되는 대병력 모두를 한꺼번에 쓸어버릴 수 있지 않겠나?"

"명대로 하겠습니다."

"좋아!"

천기마야가 누구에게 하는지 모를 소리를 내뱉고는 천천히 걸음을 옮겼다.

아직 새벽까지는 조금 여유가 남아 있었다.

　　　*　　　　*　　　　*

점차 밝아오는 하늘.

휘하의 철혈협영대와 함께 죽을힘을 다해 포달랍궁의 대병력을 막아내고 있던 당준의 눈꼬리가 가벼운 떨림을 보였다.

극심한 피로가 원인이다.

그는 밤새 독비가 된 손으로 연신 당가의 암기를 쏟아내었고, 채 이백 명도 남지 않은 철혈협영대를 독려했다. 문상 모용초연이 지휘하는 팔백 명의 혼합 병력이 있었으나 처음 시작부터 끝까지 선봉은 그와 철혈협영대였다.

당연히 무수히 많은 기문진과 기관매복의 도움을 받았다곤 해도 새벽 무렵엔 피로가 극에 이르렀다. 당준을 비롯해 철혈협영대의 위아래 할 것 없이 손 하나 들어 올리기가 힘들 정도로 피폐한 상태가 되었다.

물론 절대 그런 내색을 할 순 없었다.

포달랍궁의 대병력 중 일 할가량을 줄이는 동안 수백 명의 아군을 잃고 계림의 안쪽 깊숙한 곳까지 밀려났다. 믿고 있던 기문진과 기관매복이 초토화되면서 자연스레 그런 상태에까지 몰리고 말았다.

최악의 상황!

새벽의 여명이 중천에 이르기 전에 몰살을 당할지도 모른다고 당준은 생각했다. 지금 이 순간에도 동료들의 시체를 밟으며 꾸역꾸역 몰려들고 있는 포달랍궁의 병력에 이미 기가 질린 지 오래였기 때문이다.

그렇게 이강의 바로 코앞까지 밀려나 자연스레 배수진(背水陣)의 상황이 되었을 때다. 여태까지 잠자코 당준의 철혈협영대 뒤에 숨어서 혼합 병력과 기관매복을 움직이던 모용초연이 불쑥 모습을 드러냈다.

드디어 그녀가 기다리던 때가 왔다는 의미.

펄럭!

부들부채 대신 손에 들린 붉은색 깃발을 한차례 흔들어 보인 모용초연이 낭랑한 목소리로 소리쳤다.

"전군, 연익진(燕翼陣)의 날개를 활짝 펼치세요! 반격의 때가 왔습니다!"

'드디어!'

당준이 내심 격동에 찬 표정이 된 채 재빨리 철혈협영대와 함께 제비 날개의 한 축이 되었다. 거의 몸빵이나 다름없던 지금까지의 역할을 포기하고 혼합 병력과 함께 마주 보는 형태로 군을 이동시킨 것이다.

그에 따라 일어난 엄청난 지각변동!

가뜩이나 죽음조차 도외시한 채 밀어닥치던 포달랍궁의 대병력이 거센 파도처럼 몰려들었다. 여태까지 엄청난 피해를 끼쳤던 기문진과 기관매복 따윈 아예 신경조차 쓰지 않는 모습.

그때 상황이 다시 급변했다.

제비의 양익이 된 신무림맹의 철혈협영대와 혼합 병력이 내준 공간을 빠르게 채워가던 포달랍궁의 선봉이 분분히 바닥에 쓰러졌다.

다시 위력을 발휘한 기관매복!

더불어 양익의 철혈협영대와 혼한 병력 역시 놀고만 있진 않는다. 연달아 암기와 창칼을 날려서 기관매복에 걸려서 혼란에 빠진 포달랍궁의 선봉을 난도질했다. 간밤의 원한과 분노를 풀기라도 하려는 듯 가차없이 살수를 날렸다.

그러나 그때 포달랍궁의 후속 병력들이 다시 몰려들었다. 족히 선봉의 다섯 배에 이르는 숫자. 여태까지처럼 인명으로 기관매복을 제거하고 꾸역꾸역 공간을 확보해 들어온다.

"개자식들!"

당준이 치를 떨면서 힐끔 모용초연 쪽을 바라봤다. 그녀가 승부수를 띄운 이상 뭔가 생각해 둔 바가 있을 거란 생각.

흔들!

그때 모용초연이 하얀 깃발을 들어 올렸다. 연익진의 두 날개를 더욱 활짝 펼치게끔 한 것이다. 더 이상의 합공은 무용하다는 판단?

'도대체 어쩌려고……'

당준이 내심 의구심을 품은 채 철혈협영대를 전력으로 전장에서 물러나게 만들었다. 마찬가지로 반대편의 혼합 병력역시 비슷한 움직임을 보이니, 순식간에 안방을 내주는 꼴이되어버리고 만다.

그리고 바로 그와 동시였다.

쉬익!

끝 무리에 이른 여명의 꼬리를 쫓아 천공을 우아하게 가로
지른 화살이 포물선을 그리며 떨어져 내렸다. 막 훤하게 비어
진 안방을 차지하기 위해 개떼처럼 밀어닥치고 있던 포달랍
궁의 후속 병력의 중간으로.

당연히 그건 시작에 불과했다.

쐐엑!

쐐쐐쐐쐐쐐쐐쐐쐐쐐쐐쐐쐐쐐쐐!

곧이어 족히 수백 발이 넘는 화살이 계림의 하늘을 가득 메
웠다. 단숨에 포달랍궁의 후속 병력들을 고슴도치로 만들어
버렸다.

더불어 모용초연의 손에 들린 붉은 깃발!

완전히 끝났다고 생각했던 기관매복이 다시 발동했다. 한
무더기의 화살세례에 난장판이 된 포달랍궁의 후속 병력들을
재차 아비규환의 지옥도 속으로 밀어 넣었다.

"호오?"

황금 가마 위에 앉아 계림의 빼어난 산수를 느긋하게 구경
하고 있던 대법대불왕의 금안에 이채가 어렸다.

느닷없이 확 변한 전장!

하늘을 가득 메운 채 떨어져 내린 화살세례가 원인이다.

게다가 그 화살이 날아든 방향.

푸른 물결이 넘실거리는 이강의 저편으로부터 족히 수십

척이 넘는 배들이 보였다. 드디어 신무림맹에서 숨겨놨던 최후의 한 수를 드러냈음이 분명하다.

'수전을 벌이고자 하는 것인가? 하긴 이강을 넘어 양삭으로 가면 수만 개나 되는 산봉에 그만큼 많은 동굴이 존재하고 있다 하니 유격전을 벌이는 데는 제격이겠구나!'

새외제일인이라 불리는 무의 귀재인 대법대불왕이다.

병법 역시 문외한(門外漢)일 리 없다.

여태까지 우격다짐 식 병법 운용을 한 건 단지 병력이 남아돌았기 때문이다. 딱히 운남과 사천에서 환몽사안으로 빨아들인 무림인들을 아낄 이유 역시 없었다.

하지만 이리되면 사정이 달라진다.

계림의 경관이 천하제일이라 한들 중원 정복을 늦춰가며 계속 남고 싶은 생각은 추호도 없었으니까.

톡톡!

가늘고 긴 손가락으로 이마를 몇 차례 두들겨 보인 대법대불왕이 선두에서 병력을 운용하던 냉고성에게 천리전음을 보냈다. 드디어 전법의 변화를 지시내린 것이다. 더욱더 압도적인 물량전을 펼치도록 말이다.

第百九章

소림곤왕(少林棍王)

少林棍王
소림곤왕

'여기서 더 밀어붙이란 말인가?

눈앞에서 엄청나게 죽어나가고 있는 병력을 냉정하게 독려하고 있던 냉고성의 눈빛이 더욱 음침해졌다. 방금 전 후방에서 천리전음으로 날아든 대법대불왕의 명령에 심한 저항감을 느낀 까닭이다.

잠시뿐이었다.

이미 자신의 손으로 수천 명이 넘는 병력을 죽음으로 내몰았다. 이제 와서 망설임을 보이거나 죄책감을 느낄 이유는 없었다. 오로지 이번 대전의 승리만을 생각하는 게 옳았다.

슉!

손을 들어 후방의 천인대 다섯 개를 다시 집결시킨 냉고성이 단호하게 명령을 내렸다.

"지금부터 이강 돌입전에 들어간다! 물속으로 뛰어들어 적의 배를 침몰시키고, 뺏어서 전쟁의 종지부를 짓는다!"

"존명!"

천 명씩으로 편재된 무림인들이 우렁찬 대답과 함께 냉고성의 황당한 명령대로 이강에 돌입해 갔다. 눈앞에서 수천 명이 넘는 동료의 죽음을 목도했음에도 어느 누구 한 명 망설임의 기색은 보이지 않는다.

'지독한!'

냉고성이 내심 눈살을 찌푸려 보였다. 대법대불왕의 환몽사안에 홀린 운남 사천 무림인들의 부나비 같은 모습에 명령권자임에도 혐오와 두려움을 동시에 느낄 수밖에 없었다.

출렁!

엽자건은 무차별적으로 물속에 뛰어드는 수천 명이 넘는 무림인들을 보고 가볍게 입을 벌렸다.

평생 본 적이 없는 대장관!

하지만 엽자건과 함께하고 있는 천룡영웅대등에겐 악몽이나 다름없는 모습이기도 했다. 서슴없이 강물에 뛰어드는 자들 중 상당수가 수공(水功) 능력이 있었고, 개중에는 등평도수(登萍渡水)의 절정경공술을 비슷하게나마 펼치는 자들까지 있었기 때문이다.

물론 모두 그런 건 아니었다.

기세 좋게 물에 뛰어들었다가 바로 익사해 버리는 자들 역시 꽤 많았다. 족히 삼분지 일가량은 될 듯싶었다. 그런 자들의 시체를 밟으며 다시 후속 부대들이 다가들고 있었고.

남궁수가 보다 못해 엽자건에게 말했다.

"천룡위주님, 더 이상 기다렸다는……."

"좀 더 기다려야 하오."

"…하지만 저기 죽어나가고 있는 사람들은 모두 운남과 사천의 정파 군웅들입니다!"

"나도 아오. 하지만 아직 본대가 투입되지 않았소. 성급하게 움직였다간 이번 싸움, 대규모 학살전이 되어버릴 수도 있소."

"……."

남궁수가 입을 다물었다.

그녀는 어디까지나 현재 엽자건의 참모 역이었다. 전장의 주인이라 할 수 있는 그가 이리 단호하게 얘기한다면 조용히 따르는 게 마땅하다.

그때 엽자건가 선수(船首) 쪽으로 나섰다.

펑! 펑!

삼절마곤이 휘둘러지자 무형곤기가 용권풍을 형성시킨 채 수공을 이용해 자맥질해 들어오던 자들을 날려 버렸다. 가차

없이 위험 요소를 제거해 버렸다.

더불어 재차 하늘을 뒤덮은 화살!

이번에는 불이 붙어 있는 화전이다. 잠시 시간을 지체하는 사이 신무림맹 전력이 완전히 빠져 버리자 바람과 계림의 무성한 산림을 이용한 화공에 들어간 것이다.

배산임수(背山臨水).

아주 훌륭한 화공의 적지다. 포달랍궁의 대병력을 완벽하게 궁지에 몰아넣어 버렸다.

그러자 이강을 향해 포달랍궁의 병력들이 더욱 증강되었다.

이젠 일부분이 아니다.

족히 이만을 훌쩍 뛰어넘는 병력이 강으로 뛰어들었다. 사방에서 덮쳐오는 화마와 더불어 완벽해진 지옥도다. 그 그림 속의 주인공이 누가 될지는 시간이 지나봐야 알 일이지만.

"바로 지금!"

'드디어!'

연신 선수에 서서 삼절마곤을 휘두르고 있던 엽자건의 손이 드디어 약속된 수신호를 보이자 남궁수가 눈을 빛냈다. 이제야말로 이번 전장의 진짜 주인공이 나설 차례란 판단.

쇄액!

남궁수가 미리 준비해 뒀던 전시(箭矢)를 하늘로 날렸다. 안전을 위해 후방으로 조금 물러서 있던 감요진이 나설 때임을 알리는 신호였다.

'전시가 쏘아졌다!'

온 정신을 기울여 감요진을 지키고 있던 환월이 눈을 빛냈다. 전시가 날아올랐으니 이제야말로 그녀와 감요진이 활약할 때였다. 조금도 지체해선 안 되었다.

사락!

극히 조심스레 감요진에서 손을 뻗은 환월이 어린아이를 달래듯 말했다.

"주모님, 이제 노래를 부르실 때가 왔어요. 방실방실 웃으면서 노래를 부르세요."

"방실방실?"

"예, 주모님이 그렇게 웃으면서 노래를 부르시면 주인님께서 좋아하세요."

"정말? 자건이 정말 좋아해?"

"아무렴요."

환월이 더욱 부드럽게 말하며 미소 짓자 감요진이 벌떡 자리에서 일어섰다.

요염하던 눈빛, 지금은 간데없다.

천진난만하고 맑다. 투명하다는 느낌을 받을 정도다.

거기에 더해 방실거리는 미소까지 얼굴 가득이 담아 보인 감요진이 선수 쪽으로 비틀거리며 걸어갔다. 그녀의 손을 끝까지 환월이 굳게 잡은 채 이끌었음은 물론이다.

　그리고 움직이기 시작한 두 개의 화편.

　감요진이 계림으로 향하는 중 줄곧 엽자건과 연습했던 노래를 청아하게 부르기 시작했다. 아이처럼 맑고 투명한 표정으로 아주 진지하게 목청을 돋웠다.

　　靑山橫北郭(청산횡북곽)

　　白水繞東城(백수요동성)

　　此地一爲別(차지일위별)

　　孤蓬萬里征(고봉만리정)

　　浮雲游子意(부운유자의)

　　落日故人情(낙일고인정)

　　揮手自玆去(휘수자자거)

　　蕭蕭班馬鳴(소소반마명)

　　푸른 산은 성곽 북쪽에 빗겨 솟았고,

　　흰 강물은 성 동쪽을 휘돌아 흐른다.

　　여기서 한번 헤어지면,

　　외로이 떠돌며 만 리를 가야겠지.

　　떠도는 구름은 나그네 마음이요,

　　지는 해는 옛 친구의 심정이라.

　　손을 흔들며 이곳에서 떠나가니 쓸쓸하여라.

떠나는 말의 울음소리도.

청아하게 이강에 울려 퍼진 감요진의 노래는 시선(詩仙)이라 불리는 이백의 송우인(送友人:벗을 떠나보내며)이었다.

이별을 노래한 시들 중에서도 특히 수작으로 꼽히는 명곡으로 엽자건이 소주 곤산장을 떠난 후 종종 공연 중 부르곤 했다. 척호와 곤산장의 친구들에 대한 그리움을 그런 식으로나마 풀곤 했던 것이다.

물론 현재의 감요진이 그 속에 담긴 애상을 이해할 리 없다.

그녀는 그냥 엽자건에게 배운 대로 노래 부를 뿐이었다. 그가 은연중 꾸준히 주입시켜 준 세수경 내공의 도움을 받아 얻은 사자후에 환몽사안의 공효를 담고서 말이다.

그러자 전장에 놀라운 변화가 일어났다. 아수라장이나 다름없던 이강 기슭에서 벌어지고 있던 싸움이 순간적으로 멈춰 버린 것이다. 누가 만류한 것도 아닌데.

감요진의 노래에 담긴 매혹이 만들어낸 기적!

엽자건이 그 찰나의 혼돈을 놓칠 리 없다. 그럴 이유가 없었다.

스륵!

일순 그의 신형이 선수를 떠나 바람같이 천공 위로 치솟아 올랐다. 흡사 전날 자금성에서 곤왕 유대유와 가정제가 황궁

보고의 천장을 뚫어버릴 때와 다름없다. 그런 말도 안 되는 광경을 가볍게 연출해 냈다.

당연히 그것만으로 끝일 리 없다.

휘오오오!

천공의 태양을 등에 짊어진 채 엽자건이 삼절마곤을 기쾌하게 휘둘렀다.

─천사일로 무정세!

분명 그것이다.

그러나 순간적으로 대기를 완전히 갈라 버린 벼락같은 위력은 완전히 다르다. 곤왕 유대유의 최강 초식 중 하나인 구주진천뢰와 비교해도 결코 떨어지지 않는다.

목표는 황금 가마다.

여전히 그 위에 몸을 기댄 채 무료한 표정을 짓고 있던 대법대불왕을 그대로 직격해 들어갔다.

쩡!

쇠 종이 깨지는 소리가 터져 나왔다. 족히 만 근의 거암조차 박살 낼 법한 위력의 천사일로 무정세를 대법대불왕이 광금불륜으로 막아낸 것이다.

기우뚱!

그와 함께 황금 가마가 한쪽으로 심하게 기울어졌다. 대법대불왕과 달리 가마를 메고 있던 불노들에게 있어 방금 전의 일격은 쉽사리 감내하기 어려운 위력이었음이다.

슥!

결국 대법대불왕 역시 신형을 공중으로 띄워 올렸다. 다시 날아든 엽자건의 무형곤기를 광금불륜으로 쪼개내며 전신에 황금빛 광휘를 잔뜩 일으켰다.

광명법륜공(光明法輪功)!

대법대불왕에게 새외제일인이란 영광을 안겨준 포달랍궁 제일의 신공이 중원에 들어온 후 처음으로 모습을 드러냈다. 순식간에 두 차례나 엽자건의 기습적인 공격을 감당해야만 했던 대법대불왕으로선 어쩔 수 없는 선택이었으리라!

"이, 이런 말도 안 되는 일이……."

냉고성은 눈앞에서 벌어진 말도 안 되는 광경에 크게 당황했다. 설마하니 대법대불왕의 환몽사안이 깨지는 상황이 벌어질 줄은 꿈에도 예상치 못했기 때문이다.

잠시뿐이었다.

곧 환몽사안과는 관계없는 환희불들을 중심으로 포진을 새롭게 구축하려던 그의 눈이 확 뒤집어졌다. 환몽사안을 깨뜨린 청아한 목소리의 주인공을 확인한 것과 동시의 일이었다.

"크아아!"

눈에 핏발이 선 채 냉고성이 환희불의 포진을 뒤로하고 이 강으로 신형을 날렸다. 입에서는 짐승 같은 소리가 마구 터져 나왔다.

그러나 그가 막 이강을 향해 등평도수를 펼치려 할 때였다.

슉!

환몽사안이 깨지자마자 가장 먼저 상륙한 한 사나이. 전날 냉고성에게 사랑하는 여인을 잃어버리고 반 폐인이 된 유백온이 냉고성의 앞을 가로막아 섰다.

"너는?"

"이건 교 소매의 복수다!"

유백온이 순간 태극혜검의 삼대절초 중 하나인 원원도도(元元道道)를 펼쳐 냈다.

본래 불승불패(不勝不敗)의 초식!

어떤 강력한 초식이라 해도 흘려낼 수 있으며, 결코 살기를 품은 공격을 가하지 않아야 마땅하다. 전장의 살검(殺劍)이 아니라 비무(比武)에서 상대방의 패배를 자인케 하는 데 진짜 목적이 있었기 때문이다.

하지만 애초부터 유백온은 다른 목적을 분명히 했다.

스아앗!

원원도도로 만들어진 거대한 태극의 검기로 냉고성의 잔혹심살도법을 비껴낸 그의 검이 강하게 앞으로 내쳐졌다.

중검무봉(重劍無鋒)!

혼신의 힘을 담은 유백온의 태극혜검이 냉고성의 가슴을 꿰뚫었다. 그의 팔을 잘라냈다. 그리고 두 개의 다리 역시 토막 내어버렸다.

"크아아아악!"

냉고성이 처참한 비명과 함께 자신과 유백온 간의 대결에 뛰어든 목진풍과 이가혼을 노려봤다. 때맞춰 그들이 연수합격해 들어온 탓에 유백온의 중검무봉을 피하지 못했기 때문이다.

그러나 그것도 잠시뿐.

자신이 내뿜은 피바다 속에 힘을 잃고 무너져 내린 냉고성의 피에 젖은 두 눈이 선상 위의 감요진을 향했다. 여전히 청아하게 노래 부르고 있는 그녀의 매혹적인 얼굴에 고정된 채 숨을 거둔 것이다.

쉬아아아악!

연달아 날아드는 무형곤기를 가르며 쏜살같이 천공으로 날아오른 대법대불왕의 전신이 일순 열 개의 륜형에 휘감겼다. 에워싸여졌다. 광명법륜공에 더해 전날 철담협개와 남궁황의 목숨을 앗아간 십천강륜으로 단숨에 엽자건을 끝장낼 심산.

하지만 엽자건이 더욱 빨랐다.

스스슥!

곧바로 연대구품으로 십여 개의 분신을 만들어낸 엽자건의 전신이 용권풍에 휘감겼다. 미리 준비해 놓고 있던 오호파천곤으로 무형의 폭풍우를 만들어낸 것이다.

휘오오오오!

순간 엽자건의 몸을 휘감으며 모습을 드러낸 한 마리 천룡이 뇌전처럼 대법대불왕의 십천강륜을 직격했다. 벽력같은 뇌성을 토해내며 열 개의 회전하는 강륜을 천신천장의 대부(大斧)처럼 쪼개갔다. 분쇄해 갔다.

쩌릉!

또다시 일어난 쇳소리!

대법대불왕의 신형이 벼락을 맞은 듯 흔들렸다. 엽자건의 오호파천곤에 담긴 천뢰의 힘이 가중된 탓에 앞서와 같이 옆으로 흘려내는 데 실패했다.

"건방진!"

대법대불왕이 금안에 살기를 담은 채 광명법륜공을 더욱 강하게 끌어올렸다. 십천강륜으로 단숨에 승부를 끝내려다 오히려 역습을 당한 것에 화가 머리끝까지 났다. 아주 오랜만에 인간적인 감정을 겉으로 드러낼 만큼.

반면 엽자건은 애초부터 감정 따윈 다스리지 않았다.

그럴 생각조차 없었다.

천살지기조차 뛰어넘는 살기를 담아서 대법대불왕을 노려본 그가 차갑게 말했다.

"대법대불왕, 오늘은 철담협개 선배님과 승천검군 남궁 선배님의 복수를 하는 날이다! 각오는 되어 있겠지?"

"중원 불문의 태두라는 소림사의 제자가 복수를 말하는 것이냐?"

"나는 오늘 소림사의 제자가 아니다!"

"하면?"

"나는 곤법천종의 길을 걷는 한 사람의 무인일 뿐이다! 그리고 한 자루 삼절마곤으로 널 꺾을 것이다!"

으쓱!

대법대불왕이 공중에 뜬 상태임에도 십천강륜으로 전신을 방어한 채 어깨를 추어 보였다. 얼굴에 깃들어 있던 분노의 감정은 이미 씻은 듯 사라져 흔적조차 보이지 않는다.

"하하, 잠시 또 한 명의 곤왕이 중원에 나타난 줄 알고 긴장했더니 별거 아니었군."

"무슨 뜻이냐?"

"감정조차 제어하지 못하는 애송이를 너무 과대평가했었다는 뜻이다."

"……"

엽자건의 눈이 커졌다. 신형 역시 가벼운 흔들림을 보였다. 순간적으로 대법대불왕이 폭광이나 다름없는 황금광을 무수히 쏟아내었다.

십천강륜의 강격이다.

광금불륜과 동일한 위력을 가진 강륜들이 공중에서 무수히 많은 변화를 만들어내며 엽자건을 공격해 들어왔다.

직선과 곡선.

커다란 동심원과 장방형의 타원형.

무수히 많은 조합을 만들어내며 엽자건의 이목을 혼란시키고, 시간차로 두들겨 왔다. 그냥 한차례 스치기만 해도 웬만한 호신강기쯤은 종잇장처럼 찢어발겨 버릴 위력!

그러나 엽자건은 침착했다.

그는 수중의 삼절마곤으로 오호파천곤을 펼쳐서 몸을 보호한 채 연속적으로 십천강륜의 강격을 튕겨내었다. 순식간에 수세에 몰리긴 했으나 쉽사리 무너지지 않을 방어막을 만들어낸 것이다.

장기전으로 끌고 갈 심산!

충분히 그럴 수 있었다. 이미 근래 더해진 이대독기마저 세수역근경 속에 융합시키는 데 성공했기에 지구력만은 천하제일이 된 상태였기 때문이다.

한데, 갑자기 사정이 바뀌었다.

십천강륜으로 맹폭을 가하던 대법대불왕의 모습이 갑자기 엽자건 앞에서 사라졌다. 모습을 감춰 버렸다. 마치 방금 전까지의 공격이 신기루이기라도 한 것처럼 말이다.

아니다.

착각이었다. 대법대불왕은 모습을 감춘 게 아니었다. 오히려 그는 늘어났다. 순식간에 한도 끝도 없이 자신의 존재를 불러서 엽자건의 주변 하늘을 몽땅 채워 버렸다.

티앙!

마지막으로 공격해 들어온 십천강륜을 삼절마곤으로 튕겨 낸 엽자건이 당황감에 안색을 딱딱하게 굳혔다. 본래 생각했던 지구전을 펼치는 게 불가능해졌음을 눈치챈 까닭이다.

그러자 대법대불왕이 십천강륜을 잠시 거둔 채 수천 개의 금안을 번뜩이며 말했다.

"영광인 줄 알거라! 곤왕에게 사용하려고 숨겨놨던 광명법륜공의 최강 초식인 천수천불강림유일존(千手千佛降臨唯一尊)을 초연하는 것이니 말이다!"

'뭐 그리 초식명이 길어?'

내심 버럭 소리를 지르면서도 엽자건은 재빨리 기감을 극대화시켰다. 사방을 가득 메운 천 명의 대법대불왕 중 진체를 구별해 내기 위함이었다.

움찔!

그러나 엽자건은 더욱 당황하고 말았다. 아니, 그보다는 황당해졌다.

'몽땅 진체라고? 그게 말이 되는 거냐!'

말 된다.

마치 그걸 확인이라도 시켜주려는 듯 천 명의 대법대불왕이 일제히 다른 초식으로 십천강륜을 펼쳐 냈다. 처음에 생각했던 대로 단숨에 엽자건과의 승부를 결하기 위함이었다. 물론 승리는 자신이 차지하고 말이다.

그러자 역시 수천 개로 늘어난 십천강륜!

그 압도적인 위력을 담은 흉기가 온 하늘을 가득 메웠다. 흡사 광포한 메뚜기 떼처럼 엽자건을 뜯어먹기 위해 달려들었다. 덮쳐왔다.

"……."

눈앞의 천수천불강림유일존이 주는 압력만 해도 감당이 어려웠던 엽자건의 안색이 시커멓게 변했다. 무(武)의 길에 들어선 후 무수히 경험했던 전장의 생사지간들이 주마등처럼 빠르게 머릿속을 스쳐 갔다.

말로만 들었던 죽음 직전의 상황!

대법대불왕의 압도적인 무위에 절망감을 느낀 그는 진짜 극히 짧은 순간 완벽한 죽음을 맛봤다. 머릿속이 하얗게 변해 버렸다. 어떤 것도 할 수 있는 게 없었기 때문이다.

아니다.

아직 한 가지 남아 있었다.

스륵!

색즉시공(色卽是空), 공즉시색(空卽是色)이라 했던가?

극도의 공포 속에 오히려 초탈해진 엽자건이 삼절마곤을 길게 늘어뜨렸다. 머릿속에 곤왕 유대유에게 얻은 후 끊임없이 수련해 왔던 소림곤법총요를 떠올렸음은 물론이다.

―소림주교 이곤천하평정! 그리고 일타일게!

엽자건의 눈이 안광을 담았다.

평생 처음으로 불경의 한 구절을 진심으로 이해하게 된 채 소림곤법총요의 심득을 되새긴 순간 번쩍 뇌리를 스쳐 간 깨달음이 있었다. 그건 바로 오호란(五虎攔). 또한 사부 보종의 오호파천곤이었다.

둘이자 하나!

순식간에 하나로 통(通)해진 소림곤의 초식들이 삼절마곤에 깃든 채 천지(天地)를 휩쓸었다. 천번지복을 만들어냈다. 하늘을 온통 가리고 있던 대법대불왕의 진체들을 뇌전처럼 꿰뚫어 버렸다.

"이, 이런 말도 안 되는!"

"말 돼!"

순식간에 다시 하나로 돌아온 대법대불왕을 향해 엽자건이 점잖은 한마디와 함께 천사일로 무정세를 펼쳤다. 이미 만신창이가 되어 있던 그를 확실하게 끝장내 버린 것이다.

콰득!

"오, 옴마니 반메홈……."

'나는 아미타불이라고 말해야 하려나?'

엽자건이 고민하는 사이 대법대불왕이 모든 힘을 잃고 지상으로 떨어져 내렸다. 새외제일인이라 불리던 서장의 신이 맞이한 꽤나 싱거운 최후였다.

* * *

"허허, 이렇게 재밌는 결과로 끝날 줄이야……."

귀안을 통해 이강의 기슭에서 펼쳐진 계림대전의 최종전을 지켜본 천기마야가 너털웃음을 터뜨렸다.

단 일 푼의 가능성도 없다고 봤던 결과가 벌어졌다. 신무림맹 측이 압도적인 수적 열세를 딛고 포달랍궁의 대병을 물리친 것이다.

게다가 고작해야 정파의 신성(新星) 정도로 봤던 엽자건은 천기마야 자신조차 승리를 장담치 못했던 새외제일인 대법대불왕을 이겼다. 그와 천공에서 정면으로 맞붙어 추락사를 시키는 기염을 토해냈다.

직접 보고도 믿기 힘든 결과!

하지만 천기마야는 곧 평상시의 그로 돌아갔다.

애초 누가 승리하든 상관없었다. 승자든 패자든 모두 계림에서 뼈를 묻을 운명이었기 때문이다.

"목령사귀!"

"예."

"곧바로 일을 진행시키도록 해라. 기적과도 같은 승리에

도취되어 있을 정파 녀석들을 모조리 폭사시키는 거다."

"그건 좀 곤란합니다."

"……."

천기마야는 반문하거나 의혹 어린 시선을 던지는 우(愚)를 범하지 않았다.

스으!

대신 그는 신형을 순식간에 수십 개로 분화했다. 자신의 바로 코앞에 머물러 있던 목령사귀에게 이변이 생겼음에도 눈치채지 못했다는 건 큰 문제다. 상대가 어쩌면 천기마야조차 위협할 만큼 뛰어난 고수일 수도 있었기 때문이다.

과연 그랬다.

목령사귀로 분한 자에게서 찬연한 광채가 일더니 순식간에 사위를 황홀한 검 빛으로 물들였다.

검강(劍罡)!

그중에서도 변화가 막심하기로 이름난 통천검법의 절초들이 폭발적으로 일어나 천기마야의 전신을 휘감았다. 표홀하면서도 생동감 넘치는 검격으로 전대 배교의 교주이자 마천주의 목숨을 거두려 했다.

티앙!

조금 늦었다. 세기 역시 부족했다.

막 목령사귀의 껍질을 벗어버린 곽태령이 묵색 고검을 든 채 난감한 표정을 지어 보였다. 그가 날린 회심의 검격이 고작 몇 가닥의 실에 걸려서 무산된 까닭이었다.

스륵!

그제야 고속으로 움직이던 신형을 고정시킨 천기마야가 특유의 현기 어린 눈에 작은 불꽃을 만들어냈다.

"강남신검호 곽태령! 구정회에 남은 마지막 초절정고수답지 않게 지나친 무리를 한 게 아닌가?"

곽태령이 입가에 고소를 지어 보였다.

"확실히 무리하긴 한 것 같구려. 마천주의 정체가 본 회와 동귀어진했던 배교의 교주였을 줄은 몰랐으니까 말이오."

"목령사귀는 어찌했지?"

"그 썩은 나무 요괴 같던 자의 이름이 목령사귀였소이까? 그자는 계림의 이곳저곳을 들쑤시고 다니다 내게 붙잡히자 곧바로 자결해 버렸소이다."

"자결?"

"특이한 독단을 준비하고 있더구려. 삽시간에 얼굴 전체가 녹아내리는 통에 제대로 된 정보를 파악하는 데 모용 문상까지 나서야만 했소이다."

'멸혼단(滅魂丹)으로 죽음을 대비하고 있었구나. 그런데도 정보를 뽑아냈다는 건 구정회의 봉황심안공을 사용한 것일 테지?'

부자지간임에도 계림이 불타고, 배교의 총단이 무너진 날 이후 천기마야와 목령사귀는 모든 인간적인 감정과 관계를 포기했다.

복수귀가 되어 구정회와 중원무림 전체를 끝장내기 전에는 결코 사람으로 돌아가지 않겠다는 교도들과의 맹세를 지키기 위함이었다.

귀신의 길!

그 철혈의 길 중간에서 하나밖에 없던 아들의 죽음을 전해들은 천기마야의 입꼬리가 살짝 비틀렸다. 조소로써 심중의 살의를 중화시킨 것이다.

"곽태령, 스스로에 대한 지나친 과신 때문에 너는 죽을 것이다."

"조상님께서 남겨주신 통천검법을 완벽하게 연성하진 못했으나 본인은 평생 누군가에게 진다는 생각은 해본 적이 없소이다."

"허허, 그렇게 생각한다면야……."

"……."

천기마야의 섬뜩한 미소 속에 묵묵히 수중의 묵검을 치켜올리던 곽태령의 눈에서 칼날 같은 이채가 흘러나왔다. 어느새 천기마야의 그림자 속에서 튀어나온 육 인의 사념술사를 발견한 까닭이었다.

그리고 그때 다시 기변이 일어났다.

퍽!

퍽! 퍽! 퍽! 퍽!

막 천기마야의 명에 의해 곽태령을 포위한 채 정신 금제에 들어가려던 육 인의 사념술사가 일제히 바닥에 무너져 내렸다. 하나같이 머리가 박살 난 채 즉사해 버렸다.

"헉!"

"이게 무슨?"

천기마야와 곽태령이 동시에 놀라 입을 벌렸다. 두 사람 중 어느 누구도 육 인의 사념술사가 어떤 수법에 당했는지 짐작조차 하지 못했다.

그러나 천기마야는 이번에도 상황 판단이 빨랐다.

'곤왕 유대유가 왔다!'

내심 소리 지른 그의 신형이 곽태령의 검강을 피할 때보다 월등히 많은 분신을 만들어냈다. 아예 정면 대결 자체를 피한 채 도주에 나선 것이다.

잠시 후,

평생 펼친 것 중에 최고라 자부할 수 있는 속도로 몇 개나 되는 산봉을 가로지르던 천기마야의 노안이 일그러졌다.

저 멀리 보이는 산봉의 위.

그가 상황을 역전시킬 회심의 한 수를 준비해 놨던 장소에 어느새 한 명의 사나이가 모습을 드러내고 있었다. 한번 보면 결코 잊을 수 없는 봉황안의 소유자. 바로 천하제일인 곤왕 유대유였다.

스슥!

천기마야가 결국 그의 앞에 도착했다. 더 이상의 도주를 포기하고 정면으로 유대유와 맞서기로 마음먹은 것이다.

"곤왕, 어떻게 구문유로환허진에서 벗어날 수 있었는지 궁금하구나! 아니, 그보다 이곳을 알고 있다는 건 계림 일대에 매복시켜 놨던 노부의 수하들이 모두 제거된 것일 테지?"

"마천주의 말대로요. 당신의 마천 조직은 모두 내 손에 괴멸되었고, 계림에 데려온 마인들 역시 마찬가지요."

"단지 그뿐?"

'다른 무언가가 또 있었단 말인가?'

유대유의 봉황안이 가벼운 이채를 만들어냈다. 그는 천기마야를 뒤쫓다 구문유로환허진에 갇혀 상당한 기간을 허송세월로 보내야 했다. 이미 단단히 쓴맛을 본 터이니 평소보다 더욱 신중해지지 않을 수 없었다.

그게 바로 천기마야가 노리는 바였다.

파팟!

순간적으로 손을 교차시키며 귀안을 일으킨 천기마야가 유대유를 향해 파고들었다.

더불어 불을 뿜듯 강렬한 빛을 일으킨 고리!

과거 고대마교의 삼신기라 불리던 무구 중 하나인 환마혈환(幻魔血環)이다. 그 마병이 유대유에게 압도적인 마기로 화하여 유대유의 가슴과 머리를 노렸다. 부숴 버리려 했다.

그러나 그때 늦지도 빠르지도 않게 유대유의 묵룡천뢰곤이 움직임을 보였다.

콰득!

환마혈환의 마기를 단숨에 갈라 버린 묵룡천뢰곤이 천기마야의 가슴을 뭉개 버렸다. 천하 무림의 암운을 배후에서 몰래 조종하고 있던 마천주를 끝장내 버린 것이다.

피잉!

그때 심장이 완전히 박살 난 상태임에도 천기마야의 손을 떠난 환마혈환이 암벽 깊숙이 파고들었다. 단숨에 모습을 감춰 버렸다. 아예 처음부터 존재한 적이 없었던 것처럼.

'무언가 있다?'

유대유가 천천히 묵룡천뢰곤을 거둬들이며 재차 닥쳐 올 파도에 대비했다. 아직 파악하지 못한 천기마야의 암수가 남아 있다 여긴 것이다.

바로 그때였다.

쩌적!

환마혈환이 파고들어 간 암벽이 번개를 맞은 듯 두 조각 나더니 한 명의 눈에 익은 무장이 모습을 드러냈다. 과거 천기마야에 의해 대막마신이 봉인된 해월왕 야규 세이쥬로였다.

"해월왕?"

"아니다! 저분은 위대한 대종교의 주인이신……."

죽음 직전에 몰린 상황임에도 차분하게 말을 잇던 천기마야의 안색이 흙빛이 되었다. 슬쩍 천공 위에 뜬 해를 바라본 해월왕의 몸이 풀썩 소리를 내며 무너져 내린 까닭이다.

마신금갑!

웃기는 소리다.

대막마신은 아주 오래전 금제를 풀고서 떠난 것이다. 더 이상의 유희를 포기하고서 말이다.

"…허허, 그랬구나! 그랬었어! 그런 것이었어!"

"……."

실성하기라도 한 것일까?

유대유가 보는 앞에서 몇 차례 웃음과 뜻 모를 소리를 중얼거리던 천기마야가 일순 힘없이 무너져 내렸다. 대막마신에게 버림받았음을 깨닫고 마지막 생기가 대기 중으로 흩어져 버린 것이다.

"우와아아아아!"

"우와아아아아!"

때마침 멀리서 들려오기 시작한 환호성에 유대유가 슬쩍 고개를 돌리곤 입가에 쓴웃음을 지어 보였다.

무림.

항상 새로운 영웅이 모습을 드러낸다. 그리고 이번에는 꽤나 화려한 등장을 했다. 무려 포달랍궁의 침공을 막아내고 무수히 많은 운남과 사천의 무림인들의 생명을 구해내는 대공을 세웠다.

'이때 굳이 내가 나설 필요는 없을 테지. 어차피 그리 멀지 않은 때에 그 아이와는 만나게 될 테니까.'

예감이다, 반드시 이뤄질 거란 확신을 품은.

슥!

시체조차 남기지 못한 채 녹아버린 천기마야를 한차례 일별한 유대유가 묵룡천뢰곤을 등에 짊어졌다.

슬슬 너무 오랫동안 자리를 비웠던 유군으로 돌아갈 때였다. 어디까지나 그는 군문에 속한 자로 무림에서는 은퇴한 상태였으니까.

＊　　　＊　　　＊

내 이름은 유대유, 자는 지보(志輔), 호는 허강(虛江)으로 복건성 진강 출신이다.

군문의 자제로 군의 백호를 세습하였는데, 어려서부터 무술수련에 힘써 특히 기사(騎射)에 능하였다.

또한 소림외가의 일맥을 이은 이양흠 노사님께 '형초장검'의 곤법을 배워 익혔는데 다행히 자질이 떨어지지 않아 적지 않은 성취를 볼 수 있었다.

사실 노사님께서는 내 재질을 천재적이라 평하셨는데, 후일 '공(公)은 반드시 천하무적이 될 것이오'라 말하시기도 했다. 더불어 노사님은 소림사에 신전과 겸검의 기법이 있음도 전하셨다.

그래서 나는 뒤에 운종에서 돌아올 때 길을 잡아 절에 이르고, 중으로서 그 기법에 정통하다고 자부하는 자 십여 명을 불러 모아 그것을 시연해 보이게 했다.

그러나 그 기법을 보건대, 이미 옛 사람의 진결을 잃은 것이 아닌가!

하여 나는 그것을 일일이 밝혀 여러 중들에게 알렸는데, 그들이 모두 원컨대 가르침을 받기를 청하였다.

내가 익힌 형초장검의 곤법은 본래 소림에서 온 것이니, 잠시의 숙고 끝에 이르기를 이는 반드시 세월을 쌓고 그런 연후에야 비로소 얻어질 것이라고 하였다.

그리하여 모여 있던 중 모두가 나이가 젊고 용기와 힘이 있는 자 둘을 추천하였다.

한 사람의 이름은 종경, 다른 자는 보종이었다.

그 후 두 사람은 나를 따라 남행하였는데, 진중에서 틈을 타 음양 변화의 진결을 전수하고, 또 지혜각조의 계로써 가르치기를 소홀히 하지 않았다.

그렇게 삼 년째가 되는 해였다.

두 사람이 나서서, '이제 기법이 남음이 있는지라 돌아감을 청하옵니다. 받은 바 곤법으로써 절 무리에게 가르쳐 전수하고 이로써 오래 그것을 전하도록 하겠습니다'고 말하자 비로소 돌아갈 것을 허락하게 되었다.

그리고 어느덧 십삼 년이 지났다.

갑자기 문 쪽에서 전갈이 있어 한 중이 만나겠다고 하므로 그를 들여보내라 하니 놀랍게도 그는 종경이었다.

그가 말하기를, '보종은 이미 화하여 이물이 되었습니다. 그러나 저와 보종이 함께 절로 돌아가 검결로써 선계하고 이를 여러 중들에게 가르치니 가장 깊이 터득한 자가 백여 명이 되므로 이를 전하여 길이 보전할 수 있게 되었습니다'라며 엎드려 고두하였다.

그리고 그때……

사부 유대유의 행적을 담은 정기당집을 저술하고 있던 척계광이 잠시 필을 내려뜨렸다. 그 뒤부터는 그의 인생 중 가장 인상 깊었던 두 곤왕의 만남이 이뤄지는 대목이기 때문이었다.

천하를 발칵 뒤집어놨던 포달랍궁과의 계림대전이 끝나고 일 년이나 지났을까?

잠시 북경에 거하고 있던 유대유에게 소림사의 나한당 수좌인 항마불장 종경 대사와 파군성 엽자건이 찾아왔다. 한때 종경과 함께 유대유의 가르침을 받았던 파천마곤 보종의 죽음을 알리기 위함이었다.

하지만 엽자건의 의도는 달랐다.

그는 사부 보종에게 했던 약속을 지키기 위해 유대유를 찾왔다. 소림사가 잃어버린 곤법천종을 다시 되찾기 위해 정식 비무를 요구한 것이다.

논검 비무!

두 사람은 절대고수답게 사흘간 방 안에 틀어박혀 싸웠다. 어느 누구도 없는 장소에서 천하무쌍의 절학으로 상대를 공격하고 방어했으며 새로운 초식을 만들어냈다. 완전히 새로운 곤법의 이론과 체계가 그사이 몇 가지나 생겨났음은 두말하면 잔소리일 터였다.

'하아! 아쉽게도 나는 당시 그 장소에 없었지만 들은 얘기가 맞는다면 분명 경천동지한 대결이었을 거야. 그래서 사부님께서 자건이 녀석한테 선뜻 곤왕의 위를 넘겨준 것일 테고 말야. 하지만 이 정기당집은 어디까지나 사부님의 행적과 업적을 적어서 후세에 남기는 것이니……'

고민 끝에 척계광은 두 곤왕의 논검 비무 부분을 삭제하기로 했다. 정기당집의 주인공은 어디까지나 사부 유대유이니 굳이 엽자건에 대해선 쓰지 않는 편이 낫다 여긴 것이다. 어차피 그에 대한 얘기는 다른 자가 쓸 테니까 말이다. 소림곤왕이란 제목을 붙여서.

슥!

그렇게 마음을 결정한 척계광이 다시 필을 든 채 문득 봄볕 따뜻한 창밖을 바라봤다.

"그건 그렇고, 자건이 녀석, 소주에서 잘살고 있으려나? 정말 웃기는 녀석이라니까. 애써 천하무쌍의 무공을 익혔으면서 군문에도 들지 않고, 무림맹도 외면한 채 다시 곤산장에 돌아가다니 말야."

투덜거림과 달리 척계광의 눈가엔 아련한 그리움이 묻어나왔다. 곤산장 시절 단역이 엽자건이었다면 무단은 척계광이었다. 두 사람이 어우러져 마지막으로 공연한 날은 이런 따뜻하고 날씨 좋은 봄날이었다.

그 후의 이야기……

소주.

언제나처럼 곱게 여장을 한 엽자건의 눈썹을 그려주던 남궁수가 살짝 낯을 붉혔다.

다시 머리가 길어진 엽자건은 더욱 아름다워졌다.

이렇게 곱게 화장하고 화려한 복장을 걸치니 천금공자라는 전날의 별명이 무색하게 느껴질 정도다. 어디로 보나 절세가인인 까닭이다.

그런 생각은 곁에 앉아 화장감을 가지고 장난치던 감요진 역시 마찬가진 듯 엽자건을 향해 잔뜩 인상을 써 보이고 있었다. 그가 지나치게 예뻐서 꽤나 마음속에 불만이 쌓인 듯하다.

그때 밖에서 시끄러운 소리가 일더니 소주성을 돌며 호객
행위를 하던 환월이 방 안으로 뛰어들었다. 길게 묶어서 한쪽
으로 내려뜨린 머리가 가벼운 흔들림을 보인다.

"주인님, 북방에서 난리가 났다고 합니다."

"난리?"

"북원의 타타르가 장성을 넘었다고 하는데, 전세가 꽤나
심각한 것 같습니다."

"그쪽이라면 곤왕 선배가 있잖아. 그 선배 병법도 무진장
대단하니까 걱정할 필요 없어."

"그럴까요?"

"당연하지. 게다가 근래 강남이 평정되어 척호, 아니, 요즘
은 척계광이라 불린다던가? 암튼 그 녀석도 곧 북경으로 출사
한다니까 한동안 중원은 평화 그 자체야."

"그리고 또 한 가지 있습니다."

"강남신검호 곽태령 선배?"

"예……."

엽자건이 고운 얼굴을 살짝 찡그려 보이자 환월이 미안한
기색을 담아 말했다.

"그분 벌써 사흘째 곤산장에 진을 치고 계십니다. 한번만
이라도 만나보셔야 하지 않을까요?"

"아니, 됐어. 어차피 또 무슨 무림맹의 태상호법 같은 걸
맡아서 개같이 충성을 바치라는 걸 테니까."

"하지만 그분이 데려온 사람들이 너무 많이 식량을 축내서 재정을 꾸리기가 힘들어지고 있습니다."

"돈 받아. 식대하고 공연비까지 몽땅."

"…알겠습니다."

단호한 엽자건의 말에 환월이 결국 고개를 조아렸다. 그가 이렇게 나오면 절대 마음을 바꾸지 않는다는 걸 알고 있었기 때문이다.

그사이 화장을 끝내고 자리에서 일어선 엽자건이 동경으로 한차례 몸 매무새를 살피고 천천히 방을 빠져나갔다.

오늘은 공연 날.

그것도 잡극의 왕도라 불리는 패왕별희의 초연 날이었다. 기나긴 외도를 끝내고 예인으로 돌아온 엽자건의 우희를 볼 수 있는 날이기도 했다.

사락! 사라라락!

우희가 춤을 춘다. 하얗고 화려한 옷자락을 휘날리며 춤을 춘다.

〈소림곤왕 끝〉

저작권 보호!!

장르문학의 성장에 힘이 되어주십시오.

저작물의 무단 전재와 복제, 불법 다운로드!
이것은 관심이 아니라 무관심입니다!

작가님들은 창의적 열정과 시간을 투자해 자신의 꿈과 생계를 유지합니다.
한 권의 책을 만들어 많은 사람들은 자신의 인생과 미래를 설계합니다.

저작물 속에는 여러 사람의 노력과 희망이
담겨 있습니다!

저작물의 무단 전재와 복제, 불법 다운로드는 여러 사람들의 꿈과 생계를
위협함으로써 장르문학을 심각한 상황에 빠뜨리고 있습니다.

이제는 무관심이 아니라 관심으로 장르문학의
성장에 힘이 되어주세요.

[도서출판 **청어람**은 항시적인 저작권 보호를 통해 장르문학과
여러분의 희망을 지키겠습니다.]

저작물의 무단 전재와 복제, 불법 다운로드는 법률에 의해 처벌받을 수 있습니다.

저작권법 제97조의5 (권리의 침해죄)
저작재산권 그 밖의 이 법에 의하여 보호되는 재산적 권리(제73조의 4의 규정에 의한 권리를
제외한다)를 복제·공연·방송·전시·전송·배포·2차적 저작물 작성의 방법으로 침해한
자는 5년 이하의 징역 또는 5천만 원 이하의 벌금에 처하거나 이를 병과(동시에 두 가지 이상의
형벌을 지우는 일)할 수 있다.

도서출판 **청어람**

天山魔帝

일류 新무협 판타지 소설

천산마제

내일을 기약할 수 없는 땅, 천산.
소녀로부터 은자 한 닢의 빚을 진 소년 용악,
청년이 된 용악은 천산의 하늘이 된다.

하늘을 가르고 땅을 뒤엎는다!
한 호흡에 만 개의 벽(壁)!!
지금껏 내게 이빨을 드러낸 것들은 모두 죽었다.

은자 한 닢의 빚을 갚으며 시작된
십천좌들과의 승부.
오너라! 천산의 제왕, 천산마제가 먹기 있다!

유행이 아닌 자유추구 -
WWW.chungeoram.com
Book Publishing CHUNGEORAM